할머니, 저랑
유럽여행 가실래요?

할머니, 저랑 유럽여행 가실래요?

49년생 할머니와 94년생 손자, 서로를 향해 여행을 떠나다

ⓒ 이흥규 2021

초판 1쇄	2021년 8월 25일

지은이	이흥규

출판책임	박성규	펴낸이	이정원
편집주간	선우미정	펴낸곳	도서출판 들녘
편집진행	이수연	등록일자	1987년 12월 12일
디자인진행	김정호	등록번호	10-156
편집	이동하·김혜민		
마케팅	전병우	주소	경기도 파주시 회동길 198
경영지원	김은주·나수정	전화	031-955-7374 (대표)
제작관리	구법모		031-955-7376 (편집)
물류관리	엄철용	팩스	031-955-7393
		이메일	dulnyouk@dulnyouk.co.kr
		홈페이지	www.dulnyouk.co.kr

ISBN	979-11-5925-658-5 (03810)

할머니, 저랑
유럽여행 가실래요?

49년생 할머니와
94년생 손자,
서로를 향해 여행을 떠나다

이홍규

참새책방

목차

프롤로그

"할머니, 저랑 여행 갈래요?"

"에이 성가시게 무슨 여행이야. 됐어. 그냥 친구랑 다녀와."

"할머니랑 다녀오고 싶어서 그래요."

"일이 쎄고 쎘어. 밭에 풀도 매야 하고, 비료도 퍼서 날라야 하고. 일하느라 바빠서 끊는다."

다음 날 할머니에게 다시 전화를 걸었다.

"할머니, 여행 같이 가실 거죠? 비행기 예약할게요."

"할머니가 걱정이 돼서 그러지, 너 힘들게 할까 봐."

"에이 걱정 마세요. 제가 잘 모시고 다닐게요."

"그래?"

그렇게 우리의 유럽 배낭여행이 결정되었다. 일주일 뒤 떠나는 일정이었다. 정신없이 비행기 표를 구매하고, 여행 계획을 세웠다. 정신을 차려보니 할머니와 나는 비행기에 올라 있었다.

할머니에게 좋은 여행 경험을 만들어드리겠다고 다짐했지만 막상 여행길에 오르니 걱정이 앞섰다. 그래서였을까. 항상 비행기만 타면 곯아떨어지던 나인데 좀처럼 잠이 오지 않았다. 자야겠다고 생각하면 할수록 머릿속에 여행지에서 벌어질 수 있는 갖가지 안 좋은 상황이 선명하게 펼쳐졌다. 소매치기를 당하면 어떻게 하지? 할머니가 갑자기 한국으로 돌아가고 싶어 하시면? 혹시 다치거나 편찮아지시기라도 하면?

하지만 무엇보다 걱정되는 것은 45년이라는 세월의 차이였다. 94년생인 나와 내가 살아온 햇수의 두 배 이상을 살아온 49년생 할머니. 한 피가 흐르고 있는 만큼 우리에게는 닮은 점이 많았지만, 다른 점도 그만큼 많이 있었다. 서로 아무렇지 않은 척하긴 했지만 여행길에 오르자 평소에는 느껴보지 못했던 묘한 긴장감이 감돌았다.

9박 10일. 결코 짧지 않은 시간이다. 24시간 동안 같이 있으면 어떤 일이 펼쳐질까. 절친한 친구랑 여행을 갔는데도 맞지 않는 부분이 있어서 크게 싸웠다는 사람들이 많다. 심지어 '해외여행 가서 친구와 싸우지 않는 법'을 정리해둔 글까지 떠돌아다닐 정도다.

'그래, 이건 할머니를 위한 여행이니까 나보다는 할머니 위주로 여행하자. 나는 언제든 또 올 수 있잖아?'

다툼 없이 무사히 여행을 마치기 위해 내 의견은 10일 동안만 묻어두기로 했다. 하지만 그 다짐은 이탈리아에 도착하자마자 산산조각 나버렸고, 우리의 여행은 구멍 난 풍선처럼 설렘을 잃어갔다.

'하, 입이 방정이지. 내가 왜 같이 여행을 가자고 했을까?'

1장.

나의 할머니 이야기

밤 8시에서 10시 사이,
엄마의 엄마가 외로워

지금으로부터 6년 전, 할머니의 외로움을 두 눈으로 목격한 적이 있다.

그때 느낀 감정은 내 가슴에 오래도록 남아 있다.

끝이 보이지 않던 군 생활을 마쳤다. 입대하면서 '언제 제대하나' 생각했는데 이렇게 빨리 지나갈 줄이야. 시간은 참 빠르게 흐르는구나, 새삼 느꼈다. 그토록 바라왔던 전역. 전역만 하면 더 바랄 게 없을 것 같았는데, 막상 닥치고 보니 중학생 때 지나간 사춘기를 다시 겪는 것마냥 마음속에 공허감이 밀려들었다.

그 공허감이란 외로움이었다. 2년이라는 시간은 결코 짧지 않았고, 그동안 가까웠던 사람들과도 자연스럽게 멀어졌다. 전역 후 연락해보아도 돌아오는 것은 언젠가 한번 보자는 미지근한 반응뿐이었다. 그렇게 내 인간관계는 나도 모르는 사이에 리셋되어버리고 말았다.

그렇다고 상대방을 탓할 수는 없었다. 그저 누구에게도 방해받지 않는 조용한 곳에 가서 가만히 앉아 있고 싶었다. 이전에도 종종 그랬던 적이 있었다. 그리고 언제나처럼 이럴 때 내 머릿속에 떠오르는 장소는 할머니 집이었다.

나는 할머니에게 전화를 걸어 무턱대고 "할머니 내일 시골 갈게요"라고 말했다. 할머니는 언제나 맞을 준비가 되어 있다는 것처럼 밝은 목소리로 "응? 손자 오면 할머니는 좋지"라고 말씀하셨다.

할머니가 계신 곳은 전라북도 남원의 노치마을. 내가 살고 있는 경기도 안양에서 4시간을 달려 남원의 자그마한 터미널에 도착한 다음, 다시 버스를 갈아타고 굽이굽이 산길을 따라 1시간 30분을 더 가야만 도착할 수 있는 곳이다.

"나도 병원에 볼일이 있응께. 터미널서 봐."

핸드폰 스피커를 타고 넘어오는 할머니의 목소리에는 이미 설렘이 가득 차 있었다. 병원에 볼일이 있다고 말씀하셨지만, 나를 조금이라도 빨리 보기 위해 없던 볼일도 만드셨을 것이 분명하다.

　버스가 긴 한숨 같은 브레이크 소리를 내며 터미널에 멈추었다. 나는 유리창에 서린 김을 소매로 슥슥 닦아냈다. 선명해진 유리창 너머에 뒷짐 지고 고개를 쑥 뺀 자세로 버스를 살피는 할머니가 서 있었다.

　"우리 강아지 할머니 보러 내려왔네."

　할머니는 버스에서 내리는 나를 보자마자 종종걸음으로 달려와 팔 벌려 안아주셨다.

　"할머니 잘 지내셨죠? 오래 기다렸어요?"

　"아냐, 할머니도 방금 진찰 끝났어. 어서 집에 가서 밥 먹자."

　"할머니 택시비 제가 낼 테니까 편하게 택시 타고 가요."

　"에이, 뭔 소리여. 버스 타면 2,000원이면 가는데 돈 아깝게 왜 택시를 타."

　"날씨도 춥고 저 기다리느라 힘드셨을 텐데 택시 타고 가요."

　"잔말 말고 할머니 어서 따라와. 그냥 버스 타고 가면 된다니까."

잠깐의 실랑이 끝에 결국 버스에 올랐다. 6시간 가까이 버스를 타고 다시 버스를 타야 한다는 게 피곤했지만 평소 한 푼이라도 아껴야 한다는 절약 정신이 몸에 밴 할머니를 설득하는 것은 무리다. 그렇게 정류장에서 30분을 기다려 시내버스를 타고, 눈이 소복이 쌓인 지리산을 굽이굽이 올라갔다. 얼마 지나지 않아 흔들리는 버스와 따뜻한 히터 바람에 졸음이 쏟아졌다.

얼마간 잠들었을까. 도착할 무렵 잠에서 깨 창밖을 보니 어느새 해는 떨어지고, 가로등이 켜져 있었다.

"우리 강아지 배고프겠다."

할머니는 집에 도착하자마자 처방받은 약 봉투를 거실에 던져두고 바로 부엌으로 들어갔다. 얼마 지나지 않아 '푸쉬' 하는 밥 짓는 소리와 보글보글 끓는 된장찌개의 구수한 냄새가 온 방을 가득 채웠다.

"밥 먹게 들어오거라."

서둘러 소파에서 일어나 부엌으로 들어가니 지리산 나물로 풍성하게 차린 밥상이 눈에 들어왔다. 상다리가 부러진다는 말은 바로 이런 밥상을 일컫는 표현이 아닐까. 배가 고팠던 차라 수저를 들기가 무섭게 금세 밥 한 공기를 뚝딱

해치웠다.

할머니는 그런 나를 바라보며 물었다.

"밥 더 퍼다 줄까?"

이미 할머니 밥그릇에 있던 밥을 크게 한 술 떠서 내 밥그릇에 덜어준 뒤였다. 나는 손사래를 쳤다.

"어우 배불러요. 정말 잘 먹었어요, 할머니."

식사를 마치고 거실로 나왔다. 할머니는 익숙한 동작으로 거실에 있는 전기장판을 켜고 그 위에 드러누웠다. 그리고 내게 조심스레 말을 건넸다.

"우리 강아지 요즘 무슨 일 있어?"

"아뇨. 그냥 좀 답답해서요."

"우리 손자는 뭘 해도 잘할 거야. 너무 걱정하지 말고 할머니 집에서 푹 쉬다 가. 할머니는 먼저 누울 테니 졸리면 안방 침대에서 자고."

"할머니, 근데 왜 안방에 있는 침대 두고 거실에서 자요?"

"할머니는 원래 저녁 먹은 다음에 항상 거실에 불 끄고 누워서 TV 보다가 자."

그러곤 잠시 생각에 잠기는 듯하더니 천천히 입을 떼셨다.

"가끔 다음 날 눈이 떠지지 않았으면, 생각할 때가 있어. 자식들은 다 서울 올라가서 각자 자기 새끼들이랑 함께 있지, 할아버지는 10년 전에 돌아가셨지. 이렇게 저녁에 혼자 있다 보면 너무 외로워서 TV를 켜두고 자는 거여."

부모로서 차마 자식들에게는 털어놓지 못했던 외로움이 담긴 말이었다. 할아버지가 돌아가신 뒤 벌써 10년째 할머니는 외로움을 혼자서 묵묵히 버티며 살아왔던 것이다. 나 또한 조금씩 나이 들어가면서 할머니와 멀어지는 걸 너무 자연스러운 일로 받아들여온 것은 아닐까.

'엄마 아빠한테는 나랑 동생이 있는데, 지금 할머니 곁에는 누가 있지.'

내가 시골에 머무는 동안 할머니는 같이 밥 먹을 사람이 있으니 없던 입맛이 돈다며 좋아했다. 3일만 있다가 서울로 올라갈 생각이었는데 그렇게 하루만 더 있다 가야지, 하며 머물다 보니 어느새 일주일이라는 시간이 흘렀다.

안양으로 올라가는 날, 할머니는 마을에서 시내버스를 타고 1시간 반이나 나와야 하는 버스 터미널까지 나를 바래다주었다. 올라가는 길 버스에서 배고플까 봐 걱정된다며 근처 중국집에서 자장면을 사주시고도 혹시나 버스에서 배고프면 먹으라고 음료수와 빵을 사서 내 손에 꼭 쥐여주었다.

"할머니 저 이제 가볼게요. 다음에 또 내려올게요."

"응. 우리 강아지 조심히 올라가고, 차 안에서 배고프면 참지 말고 빵이랑 우유 챙겨 먹어."

예정보다 훨씬 오래 머물렀는데도 막상 할머니와 헤어져 버스를 타려니 발걸음이 떨어지지 않았다. 어렵게 버스에 타 창밖으로 보이는 할머니에게 손을 흔들었다. 마주 손을 흔들어주는 할머니는 웃고 있었지만 어쩐지 슬퍼 보였다. 돌덩이를 얹어둔 것처럼 마음이 무겁고 먹먹해졌다.

'집에 돌아가시면 할머니는 또 혼자 저녁을 먹고 TV를 보다가 주무시겠지.'

가끔 다음 날 눈이 떠지지 않았으면, 했다는 할머니. 너무 커져버린 외로움 속에서 살아갈 이유가 점점 희미해져 가는 것은 당연한 일이 아닐까. 단순히 내 기분을 달래고자 찾아간 할머니 집에서 할머니의 외로움을 마주했다. 내가 겪고 있던 공허감은 그에 비하면 아무것도 아니었다.

부엌에서 혼자 요리하시는 할머니의 뒷모습.

할머니 무릎 아래,
나의 어린 시절

내가 초등학생 시절, 맞벌이를 했던 엄마와 아빠는 방학 때마다 동생과 나를 할머니가 있는 시골로 보내곤 했다. 우리는 숙제를 다 끝내고 돌아오는 것을 목표로 일기장과 문제집을 가방에 꾹꾹 눌러 담은 뒤 시골로 떠났고, 할머니는 한 달 동안 농사일과 함께 우리의 숙제 지도와 끼니까지 책임져야 했다.

"우리 똥강아지들 할머니 보러 왔네."

할머니는 우리를 강아지라고 불렀다. 그것도 그냥 강아지가 아닌 똥강아지. 왜 그렇게 부르셨는지는 모르겠다. 할머니가 부르면 힘차게 달려가는 우리 모습이 마치 똥강아지 같아서 그랬을까. 여하튼 나는 할머니가 우리를 똥강아지라고 부르실 때면 없는 꼬리라도 세차게 흔들며 달려가야 하나, 생각했었다.

할머니는 밥 먹는 것을 가장 중요시하셨다. 언제나 우리보다 먼저 일어나 부지런히 아침밥을 준비하셨고, "보약이 따로 있나, 밥이 보약이지" 하시며 항상 큰 그릇에 꾹꾹 눌러 담은 고봉밥을 차려주셨다. 힘내려면 밥을 많이 먹어야 한다며. 성인이 된 지금 먹는 밥 양이 그때의 절반밖에 되지 않을 정도니, 정말 많았다. 그나마 우리가 돌도 씹어 먹을 만큼 위가 좋았기에 다 먹을 수 있었던 것 같다. 할머니는 우리가 밥 한 그릇을 다 비우는 걸 보고서야 작업복으로 갈아입고 일하러 나가셨다.

할머니의 교육철학은 '야무지게'로 시작하고 끝났다. 처음 그 말을 들었을 때는 도대체 어떻게 하는 게 야무진 건지 갈피를 잡지 못했다. 하지만 밥을 한 톨도 흘리지 않고 드시는 할머니, 밭에 무성한 잡초를 남김없이 뽑는 할머니의 모습을 보면서 우리는 몸으로 받아들였다. 아, 야무지다는 건 깔끔히, 열심히, 집중해서 한다는 거구나. 그렇게 방학이 끝나 집으로 돌아갈 시기가 되면 우리는 할머니의 뜻대로 한층 더 야무져졌다.

　평소 우리에게 마냥 잘해주시는 할머니가 호랑이로 변하는 상황도 있었다. 바로 우리가 버릇없는 모습을 보일 때였다. 길을 가다가 만난 동네 할아버지 할머니 들께 인사라도 안 할라치면 할머니는 먼저 사람이 되어야 한다며 우리를 호되게 혼냈다. 할머니의 가르침 속에서 우리는 어른을 만나면 즉각 허리를 꾸벅 숙여 인사하는 사람으로 자랐다.

　집에서는 밥 먹고 양치를 안 해도 크게 혼나지 않았는데, 할머니는 식사를 마치자마자 어서 양치하고 오라며 우리의 엉덩이를 손바닥으로 찰싹 후려치시고는 했다. 그래서 방학이 끝나고 집으로 돌아오면 우리의 누렇던 이빨은 하얗게 반질댔고, 엄마는 "엄마 말은 안 듣는데 할머니 말은 용케 잘 듣네"라며 신기해했다. 양치를 철저히 하셔서일까, 나는 지금까지도 할머니가 이빨로 고생하시는 걸 본 적이 없다.

　동생과 싸울 때면 할머니는 부모님을 대신해 우리에게 매를 들었다. 할머니 집에는 유독 회초릿감이 많았다. 할아버지가 등을 긁을 때 쓰는 효자손, 파리채 등이 할머니 손에 들어가면 전부 회초리로 변하였고, 이따금은 마당에 있는 나무의 가지를 꺾어 오시기도 했다. 매서운 회초리질이 끝나면 동생과 나는 서로 끌어안고 엉엉 울며 "미안해. 내가 잘못했어" 말하곤 했다.

당시 할아버지는 폐암 수술을 받으셨다. 할아버지를 돌보고 할아버지의 부재로 배가 된 농사일을 하느라 힘들 법도 한데, 할머니는 전혀 그런 내색을 하지 않으셨다. 하지만 15년이라는 세월이 지나면서 할머니 본인도 심장 수술을 받으셨고, 이제는 오래 걷지 못할 만큼 무릎도 많이 안 좋아졌다.

너무 바쁘다는 핑계로 20대 중후반이 돼서야 돌아본 할머니에게는 많은 변화가 일어나 있었다. 아무리 나에게 언제까지나 강한 여인으로 남아 있을 것만 같다 해도 할머니는 언젠가 돌아가실 텐데. 도대체 왜 난 할머니가 어릴 적 내 기억 속 강인한 모습 그대로 평생 살아 계실 것처럼 생각했을까.

할머니라는 빽

할머니는 어릴 적 온 동네 아이들을 다 이끌고 다니는 노치마을 골목대장이었다고 한다. 할머니에게 들은 말이라 사실 여부는 확인할 수 없지만, 지금까지도 할머니는 사람 가리지 않고 하고 싶은 말은 하신다. 좋으면 좋은 티 팍팍 내고, 반대로 싫은 건 싫다고 의사표현을 확실히 하신다.

그래서 외갓집 식구들은 모두 할머니 눈치를 꽤나 봤다. 특히 입맛이 까다로운 할머니를 모시고 식사라도 할라치면 세심한 준비가 필요했다. 할머니의 칠순을 기념하기 위해 외갓집 온 식구들이 강원도로 여행을 갔을 때도 그랬다. 할머니는 마음에 드는 식당에 가면 반찬을 두세 번 리필해가며 맛있게 잡숫고 나올 때 사장님께 꼭 잘 먹었다고 인사까지 하고 나오셨지만, 음식이 입에 맞지 않으면 식사가 끝날 때까지 볼멘소리를 하셨다.

이런 할머니의 성격은 좋게 말해 화끈하다고 할 수도 있지만, 솔직히 할머니 입에서 나온 말에 크고 작은 상처를 입은 사람들도 적잖을 것이다. 하지만 지금 돌아보니 할머니의 솔직하고 화끈한 성격 덕을 보기도 했다.

유치원 시절 친구와 크게 싸운 적이 있다. 상대는 또래보다 약간 큰 덩치를 믿고 평소에 친구들을 괴롭히던 놈. 할머니의 기질을 닮아서 그런 건지는 몰라도 그날 나는 온 악과 깡을 다해가며 녀석과 싸웠고, 우리는 서로의 얼굴에 멍자국을 하나씩 선물해주고 집으로 돌아갔다.

"우리 강아지 무슨 일이야."

마침 우리 집에 와 계시던 할머니는 내 상처 난 얼굴을 보시고 무슨 일이 있었냐고 다그쳐 물으셨다. 나는 아무 일도 없었다며 입을 굳게 걸어 잠갔다. 그렇게 실랑이하고 있을 때, 초인종이 울렸다. 나와 싸운 아이의 엄마가 아들 손을 잡고 우리 집에 찾아온 것이었다.

"저기요, 우리 아들 얼굴 좀 봐요. 어떻게 할 거예요."

문이 열리기 무섭게 그 아이 엄마는 목소리를 높이며 엄마에게 쏘아붙였고, 엄마는 그 순간 어쩔 줄 모르며 당황하고 말았다. 그때 곧바로 경적 같은 목소리로 맞받아친 이는 할머니였다.

"아니! 어린아이들끼리 싸울 수도 있지. 우리 손자 얼굴도 봐요! 똑같이 다쳤구만!"

잔뜩 흥분해서 찾아온 아줌마는 뜻밖에 할머니의 황소 같은 기세를 마주해 적지 않게 당황했는지 금세 꼬리를 내리고 돌아갔다.

"우리 강아지, 앞으로도 누가 이유 없이 괴롭히면 맞고만 있지 말고 맞서 싸워."

그 후에도 그 애는 똑같이 친구들을 괴롭혔고, 나와도 몇 번을 더 싸웠다. 나보다 키가 한 뼘이나 더 컸지만 왠지 모르게 전보다 무섭지 않았다.

할머니의 세계

지리산을 끼고 해발 550미터 고도에 위치한 남원 노치마을. 하루에 버스가 6대밖에 들어오지 않는 이 마을에 우리 할머니 오명례 여사가 살고 있다.

어릴 적 북적대며 마을 곳곳을 뛰어놀던 아이들은 어느새 어른이 되어 도시로 떠났고, 그 부모들만이 남아 아직까지 자리를 지키고 있다. 이제는 사람도 없고, 지나가는 차도 없어서 마을 정자에 가만히 앉아 있으면 바람이 나뭇잎을 스치는 소리, 나뭇잎이 바닥에 떨어지는 소리까지 들을 수 있을 만큼 조용한 마을이 되었다.

할머니는 할아버지와 함께 평생 밭일과 농사일을 해왔다.

심지어 88올림픽 즈음에는 돼지를 키워 팔기도 했다고 한
다. 외국인들이 돼지고기를 많이 먹으니 돼지 값이 오를 거
라며 할아버지가 어디선가 새끼 돼지를 몇 마리 데려오셨다
고. 덕분에 엄마와 이모, 삼촌은 매일 아침 학교 가기 전에
산에 가서 돼지 먹일 풀을 해 왔다고 하는데, 엄마는 지금까
지도 그때 이야기만 하면 너무 힘들었다며 고개를 내젓는다.

"어제 무리했는지 온몸이 두들겨 맞은 것처럼 아파서 오
늘은 하루 종일 누워만 있었네."

할머니는 일 욕심이 많았다. 할머니에게 전화하면 두 번
중에 한 번은 어제 일을 무리해서 하다가 몸살에 걸려 누워

있다고 하셨다. 처음에는 '일이 많아봤자 얼마나 많다고 몸살까지 걸리셨을까' 생각했지만, 할머니를 따라 블루베리 나무 가지치기에 나섰다가 다음 날 종일 근육통에 시달린 뒤로는 할머니를 인정할 수밖에 없었다.

그날 아침 9시에 밥을 먹고 콩떡과 두유를 두 개씩 챙겨 할머니와 함께 밭으로 나갔다. 그리고 하루 종일 고개를 쳐들고 내 키보다 높은 나뭇가지를 치다가 저녁 6시 해가 어둑해질 때가 다 되어서야 집으로 돌아왔다. 돌아와 거울을 보니 온몸은 땀 범벅에 나뭇가지와 나뭇잎이 군데군데 엉겨붙어 있었다. 그날 저녁은 씻고 밥을 먹자마자 그대로 곯아떨어졌다.

"와 할머니 온몸이 아주 자근자근 아파서 못 움직이겠어요."

"아이고, 젊은 놈이 그까짓 일이 뭐가 힘들다고. 할머니는 매일 하는 것을. 퍼뜩 일어나. 얼른 마무리하러 가야지."

그렇게 말씀하시는 할머니도 일하다가 힘들면 "아이고 이젠 도저히 못하겠다. 내년에는 진짜 다 잘라버리든지 해야지 원" 하고 성을 내신다. 하지만 이미 몇 년째 반복되는 이 레퍼토리를 곧이듣는 사람은 없다.

먹고살기 위해 했던 일이 이제는 할머니의 일부를 넘어

삶을 영위하게 하는 존재가 되었나 보다. 일을 안 하면 몸에 가시가 돋는다고 말씀하실 정도로 할머니는 일 중독에 걸려버리셨다. 과장 조금 보태어, 할머니는 몸이 두 쪽 난다고 해도 지금까지 일구어놓은 밭을 포기하지 못하실 것이다. 매번 "할머니, 일 조금만 줄이셔요" 말씀드려도 할머니는 무리하게 일하고 몸살 앓기를 반복하셨다.

할머니는 땅 욕심도 많았다. 어쩌면 자연스러운 일이다. 할머니에게 땅이란 곧 씨를 뿌리면 돈을 거둘 수 있는 대상이었으니.

"딸, 앞에 밭 싸게 나왔는데 혹시 돈 좀 있으면 사는 거

할머니는 오늘도 일할 준비를 하고 계실 것이다.

어때?"

　엄마는 할머니 말을 듣고 아빠를 설득해서 밭을 샀다. 할머니는 그곳에 블루베리를 심었다. 작년에 블루베리 값이 금값이었다는 이유에서였다. 할머니는 몇 년 동안 땀 흘리고 몸살 걸려가며 블루베리 나무를 할머니 키 두 배 훌쩍 넘도록 키웠다. 그사이 금값이었던 블루베리 가격은 인건비도 못 건질 정도로 떨어져버렸다.

　그래도 할머니는 블루베리를 열심히 수확하고, 냉동해서 가루로 만들었다. 할머니 자식들은 그렇게 만든 블루베리 가루를 각자 아는 사람들에게 부지런히 소문내가며 팔았다. 블루베리가 몸에 좋고, 특히 눈에 그렇게 좋다고. 그리고 할머니의 땀으로 맺힌 블루베리는 돈으로 바뀌어 할머니 주머니 속에 알차게 쌓였다.

　증조부모님의 사랑스러운 딸이자 할아버지의 아내, 네 자식의 엄마, 손주들의 할머니로 한평생 노치마을에서 살아온 오명례 여사. 할머니는 지금까지 그래왔던 것처럼 앞으로도 계속 노치마을에서 살아갈 것이다. 그렇지만 할머니도 때로는 새로운 것을 보고, 한 번도 먹어보지 않은 것을 먹고 싶지 않을까.

아는 만큼 보고, 경험한 만큼 느낄 수 있다는 말이 있다. 그래서 언젠가는 할머니를 모시고 여행을 가야겠다고 생각했다. 할머니가 노치마을이라는 작은 세상을 빠져나와 더 많은 것을 경험하고, 더 넓은 세상을 보셨으면, 했다. 무엇보다 매일 반복되어 이어지는 저녁 8시 이후 할머니의 외로움의 시간이 여행의 추억을 돌아보는 행복한 시간으로 바뀌기를 바랐다.

할머니,
저랑 여행 갈래요?

귀하께서는 상반기 공채에 최종 합격하셨습니다.

8월 19일부터 연수가 진행될 예정입니다.

당일 8시까지 집결 바랍니다.

그간 치열하게 준비한 끝에, 마침내 상반기 취업에 성공했다. 연수는 두 달 뒤였다. 긴장이 풀어짐과 동시에 찾아온 감정은 어색함이었다. 갑자기 내게 주어진 두 달 간의 자유가 낯설게 느껴졌다. 취업을 준비하는 기간 동안에는 맘 편히 쉬고 싶다, 자고 싶다, 놀고 싶다는 생각이 간절했는데, 막상 그 시간이 닥쳐오니 아무것도 떠오르지 않았다.

책상 앞에 앉아 연수 전까지 무엇을 할지 적어보기로 했다. 회사 일을 잘해내려면 무엇보다 체력이 중요하다는데 운동을 시작해볼까? 그동안 못 봤던 영화나 드라마를 몰아 볼까? 좀체 써 내려가지 않았다. 그래도 취업한 선배들에게 귀에 딱지가 앉도록 들은 말이 있기에 첫 번째 하고 싶은 것에 '배낭여행'을 적었다.

"취업하면 길게 시간 내기 힘드니 지금 어디 배낭여행이라도 다녀와. 그 추억으로 나중에 회사 생활 버티는 거야."

혼자 갈까, 함께 갈까, 함께 간다면 누구랑 갈까 고민하고 있을 때, 내 머릿속에 떠오른 사람은 다름 아닌 할머니였다. 일전에 가족들과 저녁식사를 하며 나누었던 대화에 대한 기억과 함께였다.

"작년에 할머니가 보내주신 김치가 맛있게 익었네."

"그러게요. 할머니 잘 지내신대요?"

"요즘 밭일이 너무 많아서 쉴 틈이 없다고 하시네. 혹시 나중에 여유 생기면 한 번 할머니 집에 내려갔다 와."

고민에 빠졌다.

'같이 여행 가실 수 있냐고 여쭤볼까?'

하지만 아무리 그래도 할머니와 단둘이 여행을 가기는 좀 부담스러운 게 사실이었다.

'그래, 여행은 혼자 가든지 친구들한테 연락해보든지 하자. 우선 할머니께는 취업했으니까 안부 인사만 드리자.'

다음 날 저녁, 할머니에게 전화를 했다.

"할머니 뭐 하고 계세요? 저 취업했어요. 할머니가 열심히 기도해주신 덕분인가 봐요."

"아이고, 안 그래도 어제 엄마한테 이야기 들었다. 그럼, 할머니가 우리 손자 취업하게 해달라고 열심히 기도했지."

그리고 이어지는 말.

"할머니는 방금 혼자 저녁 먹고 누워서 TV 보고 있었어."

"어…… 음…… 할머니 저랑 여행 갈래요?"

그 말을 듣고 나도 모르게 여행이란 단어를 내뱉고 말았다. 말을 해놓고도 스스로 '응?' 하며 깜짝 놀랐다. 아직 머릿속 생각이 정리되지 않아서 그런 걸 수도 있지만, 어쩌면 내 마음 한구석에 있던 다짐이 튀어나온 것일지도 모른다.

"에이, 성가시게 무슨 여행이야. 됐어. 그런 건 할머니 말고 친구랑 다녀와."

내가 물어봐놓고 할머니가 괜찮다고 말하자 약간 안도했다. 이제부터는 어떻게 대답하느냐가 중요했다. "아, 예. 그럼 알겠어요"라고 답했다가는 분명 사내놈 자식이 시시한 말로 할머니한테 장난치는 거냐고 한 소리 하실 것이 분명했고, 나 역시 단칼에 "예. 그럼 알겠어요"라고 뚝 잘라 말할 정도로 정 없는 손자는 아니었다.

"에이, 할머니랑 다녀오고 싶어서 그래요."

"아이고, 일이 쌔고 쌨어. 밭에 풀도 매야 하고, 비료도 퍼 날라야 하고. 이만 끊는다."

전화는 그렇게 마무리되었다. 내가 말해놓고 막상 간다고 하시면 어떻게 하지 걱정했지만, 그래도 물어봤다는 것만으로도 마음에 쌓여 있던 부담감이 덜어진 기분이 들었다. 그런데 ―

"할머니랑 여행 간다고? 할머니가 엄청 기분 좋다고 전화하시던데?"

"예? 할머니 바쁘다고 하시던데."

"할머니한테 아까 전화 왔어. 홍규가 여행 가자고 해서 엄청 기분 좋았다고."

"아, 그래요?"

이제 이 상황을 어떡하지. 아까는 분명 일이 쌔고 쌨다며 싫다고 하셨는데. 그냥 같이 여행 가자는 말만으로도 기쁘신 걸까, 아니면 진짜 여행을 다녀오고 싶으신 걸까. 만약

후자라면 이제 나는 어떻게 해야 하지? 앞으로의 상황이 내 선택에 달려 있다고 할 수 있었기에 작지 않은 부담으로 다가왔다.

'그래, 효도하는 셈 치고 할머니 모시고 여행 한 번 다녀오지 뭐.'

'아니야, 할머니랑 가면 그게 여행이야? 가서 고생만 할 게 뻔하지. 그냥 시골 며칠 내려갔다 오고, 여행은 친구랑 가자.'

계속되던 고민의 끝자락은 TV 앞에 혼자 누워 있는 할머니의 모습으로 이어졌다. 언젠가는 가겠다고 속으로만 생각했던 할머니와의 여행. 이번 기회도 '나중에, 나중에' 하며 넘긴다면, 앞으로도 할머니는 매일 찾아오는 오후 8시에서 10시까지의 시간을 기약 없는 외로움 속에서 보내시겠지. 어떻게 보면 시간 여유가 생긴 지금이 할머니와 여행을 갈 수 있는 최적기임도 분명했다.

다음 날 할머니에게 다시 연락했다.

"할머니 뭐 하고 계세요?!"

"응? 할머니 풀 매고 있지."

"할머니, 저랑 여행 가는 거죠?"

"할머니가 일이 엄청 많고, 무릎이랑 허리도 안 좋아서 갈 수 있을지 모르겠네."

"에이 걱정 마세요. 제가 잘 모시고 다닐게요. 저랑 여행 가는 거예요. 알겠죠? 비행기 예약합니다?"

"응? 할머니가 걱정이 돼서 그러지, 우리 손자 힘들게 할까 봐."

"제 걱정은 안 하셔도 돼요. 저도 할머니랑 여행 가고 싶어서 그런 거예요."

"그래? 아이고 그럼 할머니는 너무 고맙고 감사하지."

할머니는 흔쾌히 대답하셨다. 마치 이제까지 내가 여행 가자고 말하기만을 기다려오신 것처럼. 어쩌면 오늘도 싫다고 하면 손자의 마음이 바뀌진 않을까 걱정하셨을지도 모른다.

어디로 떠나야 할까. 제일 만만한 국내 여행부터 효도 관광지로 유명한 중국 장가계, 일본 온천 여행 등 선택지는 다양했지만 머릿속으로는 이미 점 찍어둔 곳이 하나 있었다. 이왕이면 먼 곳으로 가고 싶었다. 할머니가 지금 아니면 나중에는 엄두가 안 나서 못 갈 것 같은 곳.

"할머니, 유럽으로 가볼까요?"

"너무 좋지! 할머니는 예전부터 그 뭐시기 서위스인가 스이스인가 하는 거기에 가보고 싶더라."

길게 끌 것 있을까. 너무 미루어지면 김이 샐 것 같았다.

"그럼 바로 다음 주에 가는 건 어때요?"

"다음 주? 다음 주면 여행 갈 수 있는 거야?"

기대에 들떠서 대답하시는 할머니를 보니 옳은 결정이었다는 생각이 들었다. 할머니께 왜 스위스에 가보고 싶으셨냐고 물었다. 그러자 어느 날 텔레비전 채널을 돌리다 스위스 산악열차를 담은 영상을 보았는데 너무 좋아 보였다고 했다. 죽기 전에 가보고 싶다 생각했지만 차마 엄두가 나지 않으셨다고. 마음은 굴뚝같지만 여행 가고 싶다고 먼저 말하지 못하셨던 것은 괜히 자식들에게 폐를 끼칠지 모른다는 걱정 때문이었을 것이다.

그러니 할머니가 설렘을 못 이겨 하시는 것도 당연한 일이었다. 이룰 수 없을 것만 같던 꿈이 현실로 다가왔으니.

전체 여행 일정을 10일로 계획하고 다음 날부터 여행 준비를 시작했다. 10일은 생각보다 긴 시간이기에 스위스 바로 옆에 있는 이탈리아도 함께 다녀오기로 했다. 할머니 여행 경비는 엄마, 이모, 삼촌 들이 십시일반 모아주시기로 했고, 내 여행 경비는 마이너스 통장을 개설하여 충당하고 취업한 뒤 차근차근 갚자고 생각했다.

"할머니, 여행 준비 잘하고 계셔요?"

"아이고, 여행 가 있는 동안에 밭일 밀릴 것이 걱정돼서 밤낮으로 풀 매고 있어. 힘들긴 한데, 그래도 손자랑 여행 갈 생각에 잠이 안 올 정도로 설레네."

나중에 들어보니 할머니는 일주일 동안 설레는 마음을 주체하지 못하고 마을 사람들에게 자랑을 하셨다고 했다. 내 팔자에 유럽여행을 가본다고, 손자가 이번에 취업해서 단둘이서 간다고. 어린 학생부터 할머니 할아버지에 이르기까지 여행은 모든 사람에게 설레는 일인가 보다.

할머니 캐리어 속에
들어 있던 것

사실 나에게는 두 번째 유럽여행이었다. 전역 후 군대 동기와 한 달 동안 스위스, 이탈리아, 스페인, 프랑스를 다녀왔다. 그래서 할머니와의 여행이 결정되고 나서도 여행 준비에 대한 부담이 크지 않았다. 이미 한 번 해봤기에 그때랑 비슷하게 계획하면 될 거라고 생각했다.

하지만 함께 여행하는 대상이 친구에서 할머니로 바뀌니 준비할 것이 하나둘 늘어났고, 어느덧 원래 계획을 전부 갈아엎고 완전히 새로운 계획을 짜고 있었다.

"홍규야, 할머니는 유럽여행이 처음이시니까 좋은 호텔도 한번 가보고, 맛있는 것도 많이 먹고 그래, 알았지?"

엄마가 큰맘 먹고 먼 나라로 여행 가신다는데, 좋은 곳에서 자고 맛있는 음식을 먹기 바라는 것은 자식으로서 당연한 마음일 것이다. 물론 나도 할머니가 조금이라도 더 편하고 행복하게 여행하시기를 바랐다. 하지만 우리에게는 한계가 있었다. 인당 300만 원이라는 예산의 제약. 편안한 일정과 합리적인 가격이라는 두 마리 토끼를 한 번에 잡을 수는 없었고, 하나를 얻으려면 하나를 포기해야 했다.

예산 300만 원은 내 과거 여행 경험을 기반으로 잡은 액수였다. 친구랑 한 달 동안 머물면서 항공권 값 100만 원 포함하여 총 350만 원으로 부족함 없이 여행했기 때문이다. 300만 원이면 10일 동안 남부럽지 않게 보낼 수 있을 것이라고 생각했는데, 여행 계획을 세울수록 간과했던 것들이 툭툭 튀어나왔다.

비행기 티켓은 운 좋게도 터키항공에서 단돈 66만 원에 구매할 수 있었지만, 숙소를 예약하면서 생각보다 큰 지출이 발생했다. 지난 여행에서는 친구와 하루에 4만 원도 안 하는 저렴한 게스트하우스나 8인실 호스텔을 찾아다니며 묵곤 했다. 하지만 할머니를 그런 곳에 모시고 갈 수는 없었다. 그렇게 너무 비싸지도, 너무 싸지도 않은 호텔을 찾다보니 1박 숙박비가 15만 원~30만 원 선이 되었다. '조금 더 저렴한 숙소로 가면 보다 비싸고 맛있는 음식을 먹을 수 있을 텐데' 하는 쫌생이 같은 생각이 자꾸 들었지만, 어쩔 수 없었다.

그다음으로 신경 쓰이는 부분은 음식이었다. 친구와 다닐 때는 하루에 한두 끼 정도는 편의점 음식이나 빵으로 가볍게 때우곤 했다. 하지만 밥이 보약이라는 할머니에게 점심거리로 빵을 건넸다가는 이게 무슨 밥이 되냐며 호통치실 게 분명했다. 하지만 할머니 입맛이 아무리 까다롭다 해도 해외여행을 갔다면 그 나라의 음식을 먹어보아야 하지 않겠는가? 그렇게 음식은 나중에 생각하기로 했다.

'이날은 교통비 안 쓰고 하루 종일 걸어 다니기만 해도 되겠는데?'

교통비도 만만치 않아 보였기 때문이다. 하지만 내 기준으로 생각했다가는 일정의 절반도 지나지 않아 우리 모두 퍼져버리고 말 것이 분명했다. 할머니가 힘들어하시면 곁에서 모시는 나도 힘들어질 테니까. 이렇게 하나둘 세웠던 계획들을 할머니의 눈높이에서 바라보면서 지우고 다시 쓰기를 반복하며 할머니에게 맞춘 여행 계획을 새로 세워나갔다.

그럴 때마다 솔직히 아쉬운 마음이 드는 것도 사실이었으나, '그래, 이건 할머니를 위한 여행이니까 나보다는 할머

니 중심으로 여행하자. 나는 언제든 또 여행 올 수 있잖아?'
하며 마음을 다잡았다. 그렇게 10일 동안만 내 의견은 잠시
묻어두기로 했다. 그래야 지금까지의 좋은 관계를 유지하
고, 별일 없이 무사히 여행을 마칠 것 같았다. 무엇보다 엄
마와 외갓집 식구들의 기대를 한 몸에 받고 있는 상황에서,
실망시켜드려서는 안 된다는 부담도 있었다. 하루에도 몇
번씩 '괜한 일을 했나'라는 후회와 걱정, '아니야, 그래도 언
제 할머니랑 여행 가보겠어? 잘했어' 하는 뿌듯함이 번갈아
오고 갔다.

　　정신을 차려보니 어느덧 할머니가 서울에 올라오시는 날
이 되었다. 오후 2시에 버스터미널에 도착하신다는 연락을
받고 마중을 나갔다.

　　"할머니!"

　　"아이고 우리 강아지 뭐 하러 마중 나왔어. 힘들 텐데 집
에 있지."

　　할머니의 짐을 챙기러 버스 트렁크로 갔다. 할머니의 노
란색 캐리어는 가벼워 보였지만, 막상 들어보니 안에 벽돌
이 열 개는 들어 있는 것처럼 묵직했다.

　　"할머니 뭘 챙겨 오셨길래 이렇게 무거워요?"

"하하, 유럽여행 가니까 이것저것 싸 왔지."

집에 도착해서 할머니가 가져오신 캐리어를 열자 할머니 냄새가 물씬 풍겨왔다. 남원 시골집 아랫방에 가면 맡을 수 있는 냄새, 장작을 태우면 사방으로 스미듯 퍼져 나가는 옅은 숯불 냄새, 그리고 채 가시지 않은 파마약 냄새까지.

가장 먼저 눈에 들어온 것은 큰 비닐봉지에 가득 든 김자반이었다. 부피를 보니 한 달은 먹을 수 있을 것 같았다. 캐리어를 무겁게 한 주범은 그 옆에 있었다. 바로 고추장. 내 두 손 크기를 합친 것보다 큰 빨간색 플라스틱 통에 고추장을 꾹꾹 눌러 담아 오셨다.

"할머니, 왜 이렇게 김자반이랑 고추장을 많이 가져왔어요? 무거울 텐데."

"물 바뀌면 고생해. 가면 고기에 빵만 먹어야 할 텐데, 나중에 할머니한테 고마워할 거야."

"이거 다 짐이에요, 짐. 할머니 들고 다니기 힘들어요. 다 빼요, 그냥."

"뭐 할머니가 들간. 당연히 손자가 들어야지."

"이거 절대 다 못 먹어요. 제발 절반만 빼요."

"떽! 할머니가 다 먹는다니까 뭘 빼 이놈아."

한참 실랑이하고 있는데 엄마가 우리에게 큰 비닐봉지를

하나 건넸다. 그 안에는 따로 준비한 김치며 멸치 자반, 햇반, 카레 따위가 잔뜩 들어 있었다.

"너, 할머니 입맛 몰라? 필수야 필수. 먹다 보면 금방 줄어드니까 다 챙겨 가."

결국 한국 음식이 캐리어의 절반 넘는 공간을 차지했다. 남원 노치마을에서 한평생 살아오신 할머니에게 낯선 음식은 분명히 도전이었고, 말은 안 해도 긴장하고 계셨을 것이다. 하나둘 챙기다 보니 이렇게 많아진 것이리라. 하지만 아무리 그래도 이건…… 이건 너무 많았다.

한숨을 쉬며 캐리어 반대쪽 칸으로 눈길을 돌렸다. 그곳에는 사뭇 다른 분위기의 물건들이 담겨 있었다. 반듯하게 개어 넣은 긴팔 원피스 네 벌. 그 위에는 빨강, 파랑, 노랑 화사한 색 꽃무늬가 피어 있었다. 생전 처음 떠나는 유럽여행에 대한 긴장과 불안 뒤에 예쁜 옷 입고 꿈꾸던 곳을 누비며 사진도 찍을 생각에 설레는 마음이 있었다.

2장.

걱정을 안고, 유럽으로
– 이탈리아의 베네치아

할머니 허리뼈 두 마디가
붙어버렸대

"내일 비행기 타기 전에 멀미약을 꼭 좀 준비해줘."

"웬 멀미약이요?"

"비행기에 오래 앉아 있으면 허리가 아플까 봐 걱정돼서 노치마을 보건소 선생님께 여쭤봤는데, 비행기 타기 전에 멀미약 먹고 자는 게 좋다고 추천해주셨네."

이번 여행에서 할머니가 무엇보다 걱정하는 것은 장시간 비행으로 인한 허리의 통증이었다. 멀미약이 잠시나마 그 고통을 덜어줄 거라고 말씀하시는 거였다.

출발하는 날, 공항에서 출국 수속을 마치고 할머니와 탑승 시간을 기다리며 비행 일정을 다시 확인했다. 항공권이 싼 이유가 있었다. 밤 10시에 인천공항을 출발해 11시간을 날아 터키 이스탄불 공항에서 2시간 경유하고, 비행기를 갈아타고 이탈리아 베네치아까지 3시간을 더 날아가는, 무려 16시간에 달하는 일정이었다. 비행기 표를 구매할 때부터 알고 있던 내용이지만, 막상 상황이 코앞에 닥치니 눈앞이 아득해졌다. 나에게도 만만치 않은 비행인데 할머니는 오죽하랴.

비행기 탑승 시간이 가까워지자 탑승구에 사람이 몰리기 시작했다.

"이제 슬슬 일어날까요?"

할머니는 잠시 고민하시는 듯하더니 다급하게 가방으로 손을 뻗었다.

"약이 안 들을 것 같아 불안하네. 그냥 지금 멀미약 먹고 비행기 타자."

할머니는 그렇게 비행기에서 무리 없이 잠들기를 바라며 준비한 멀미약을 한입에 털어넣었다.

어떤 의미에서는 비행기에 탑승하는 순간부터 여행이 시작된다 할 수 있다. 누군가에게는 설렘으로 가득할 시간이, 우리에게는 두려움이 시작되는 시간이 되었다.

"좌석 괜찮으세요?"

"응, 생각보다 편하네."

할머니는 괜찮다고 했지만 아직 안심하기는 일렀다. 할머니 허리에 무리가 가지 않도록 자리에 있던 쿠션과 베개를 허리와 의자 사이 공간에 빈틈없이 밀어넣었다.

얼마 지나지 않아 엔진 소리가 커지더니 비행기가 천천히 움직이기 시작했다. 천천히 활주로를 누비던 비행기는 이윽고 불을 뿜는 것처럼 큰 소리를 내며 앞으로 나아갔다. 그 순간 할머니가 떨리는 손으로 내 손을 꽉 쥐었다. 손을 꽉 잡은 채 할머니는 비행기 창밖을 바라보았다. 그렇게 흔들리던 비행기는 어느새 하늘을 날고 있었다.

허리의 고통이 얼마나 심하면 하루 종일 걱정하실까. 나도 무거운 걸 들거나 운동을 잘못했을 때 며칠 동안 허리가 욱신거린 적이 있기는 하다. 그래도 오래 지나지 않아 괜찮아졌기에 할머니가 느끼는 고통을 잘 이해할 수 없었다.

"할머니 허리가 어떻게 아파요?"

그러자 '허리가 아픈 게 허리가 아픈 거지, 어떻게 아프냐는 건 무슨 말이냐' 하는 듯한 눈빛으로 나를 바라보는 할머니. 곧 엄청난 것을 설명하는 듯 오케스트라 지휘자처럼 손을 이리저리 흔들며 자신이 느끼는 고통에 대해 토로하기 시작하셨다.

"할머니 허리뼈 두 마디가 서로 붙었대. 아주 허리가 쬐면서 당기는 기분이 드는 것이 스큼하게 아주 아려와 허리가. 오래 서 있어도 아프고, 오래 앉아 있어도 아프고, 죽겠어 그냥. 그래서 할머니가 서울 가기 싫어하는 거야. 허리가 아파서 고속버스를 탈 수가 있나. 오래 앉아 있으면 지옥이야 지옥."

"엄청 아프겠네요. 어서 허리가 괜찮아져야 할 텐데."

할머니의 설명을 들은 뒤에도 사실 어떤 느낌인지 좀체 감이 잡히지 않았다. 무거운 게 허리 위에 올라가 있는 느낌이려나, 바늘로 콕콕 찌르는 느낌이려나. 내가 할 수 있는 것은 그저 이해할 수는 없어도 공감한다는 눈빛으로 바라보며 고개를 끄덕이는 것이었다.

한국 시간으로 오후 11시.

이륙 후 1시간이 지나자 기내식이 나왔다. 할머니는 감았던 눈을 뜨고 잠이 오지 않는다며 투덜댔다. 멀미약이 순엉터리 약이라고. 할머니는 식사를 빠르게 마치고 자세를 고치며 다시 주무실 준비에 돌입했다. 자세가 영 편해 보이지 않았다.

"할머니 불편한 부분 있으면 언제든 말씀해주세요."

"응, 괜찮아. 할머니 신경 쓰지 마."

말씀은 그리 하시지만 아무리 봐도 불편해 보이는 할머니. 내 쿠션까지 할머니 허리 쪽에 받쳐 넣고, 담요를 덮어드렸다.

"아이고 훨씬 괜찮네."

괜찮다는 말에 안도감이 들었다. 나도 담요를 덮고 잘 준비를 했다. 와인을 마셔서 그런지 눈을 감자마자 금방 졸음이 몰려왔다.

출발 4시간째.

눈을 떠 시계를 보니 한국 시간으로 새벽 2시쯤이었다. 비몽사몽인 상태로 할머니가 잘 주무시고 있는지 확인하려고 옆을 보았는데 그만 깜짝 놀랐다. 할머니가 앞 의자에 두 손을 대고 그 위에 이마를 붙인 채 몸을 앞으로 기대고 있었던 것이다.

"할머니 무슨 일이에요? 괜찮아요?"

"아이고, 왜 이렇게 잠이 안 와. 큰일 났네. 앞으로 남은 시간 동안 우쩔꼬."

할머니는 한숨도 못 주무셨다고 했다. 멀미약이 듣지 않는지 3시간이 지나도록 잠이 오지 않는데, 눈은 피곤해서 책도 읽히지 않는다고. 할머니는 허리가 아픈지 몸을 앞으로 숙였다가 다시 뒤로 기대기를 반복했다. 입에서는 끙끙 앓는 소리가 새어 나왔다.

"할머니, 허리는 좀 괜찮으세요?"

"아이고, 말했잖아. 허리가 무너질 것 같아."

"어떻게 아파요? 두드려드릴까요?"

"할머니 허리 두 마디가 붙어가지고, 쐬면서 땡기는 게 스큼하게 쏙쏙쏙 애리네."

할머니는 더 이상 못 버티겠다는 듯 자리에서 일어났다. 다리에 힘이 들어가지 않는지 일어나는 동작이 힘겨워 보였다. 할머니는 복도를 몇 번이고 왔다 갔다 하다가 자리로 돌아와 앉았다. 승무원에게 쿠션을 하나 더 달라고 부탁해서 할머니 허리 뒤쪽에 받쳤다. 내가 할 수 있는 것은 그저 할머니의 허리를 손으로 두드리거나 주물러드리는 것뿐이었다.

"아이고, 이제 좀 괜찮아졌어. 할머니 신경 쓰지 말고 어서 자. 피곤할 텐데."

출발 5시간째.

자려고 눈을 감았다가도 다시 뜨고 할머니 살피기를 반복하다 잠들었다. 두세 시간쯤 잤을까. 일어나 보니 다행히 할머니는 주무시고 계셨다. 앞뒤로 흔들리는 머리가 가을 바람에 흔들리는 나뭇잎처럼 위태로워 보였다. 가늘고 긴 한숨과 코에서 새는 바람 소리가 마치 할머니가 고통을 토해내는 소리 같았다.

출발 9시간째.

기내 현황판을 보니 이제 남은 비행 시간은 2시간가량. 꺼졌던 기내의 불이 다시 켜지고 승무원들이 기내식을 나누어주기 시작했다. 사람들이 웅성거리는 소리에 할머니는 겨우 든 잠에서 깨고 말았다.

"할머니, 좀 주무셨어요?"

"응. 눈 조금 붙였네."

"할머니 곧 도착한대요."

"아이고 살았다, 살았다. 부처님 감사합니다."

터키 이스탄불 공항에서 이탈리아 베네치아로 가는 다음 비행기를 타기 위해서는 2시간 동안 대기해야 했다. 할머니는 어디든 누울 수 있는 곳만 있다면 드러눕고 싶다고 했다. 마침 다음 비행기 탑승 구역에 빈 의자 세 자리가 있었다. 곧장 드러누운 할머니는 20초도 되지 않아 코를 골며 잠들어버리셨다.

드르렁. 피유. 드르렁. 피유.

의자에 누워 자는 할머니의 얼굴에는 피곤한 기색이 한가득이었다. 환승하지 않고 바로 이탈리아 베네치아로 가는 비행기를 탔으면 얼마나 좋았을까. 돈 아끼려다가 이게 무슨 고생인지. 다음에 여행 가게 된다면 무슨 일이 있어도 직항으로 가야겠다고 다짐했다.

앞으로 3시간의 비행이 남았다. 3시간만 지나면 이탈리아 베네치아에 도착한다. 한국을 떠나 정말 먼 길을 왔다. 할머니는 베네치아행 비행기에 오르자마자 숨을 쌕쌕거리며 잠에 드셨다. 나에게 작은 바람이 있다면 할머니가 남은 3시간만이라도 주무시며 가는 것이었다.

달팽이

잠시 뒤 우리 비행기는 이탈리아 베네치아에 도착합니다.
장시간 고생 많으셨습니다.

기장의 방송에 조용하던 기내가 분주해졌다. 자고 있던
사람도, 영화를 보던 사람도 모두 자리를 정리하기 시작했
다. 아침 8시. 16시간의 비행 끝에 드디어 이탈리아 베네치
아에 도착했다.

"할머니, 다 왔대요. 괜찮아요?"

"죽겠다 죽겠어. 하나도 안 괜찮아. 어서 숙소로 가야겠
는데."

서둘러 게이트를 빠져나와 짐을 찾았다.

"아이고, 좀 천천히 가라."

할머니는 한 걸음, 한 걸음이 무겁고 힘들어 보였다. 그제야 깨달았다. 할머니를 생각해서 한 행동이었지만, 발걸음을 재촉하는 것조차 내가 젊기 때문에 가능한 일이라는 것을, 할머니는 그것마저 매우 힘들다는 것을 말이다. 할머니는 걸음을 내디딜 때마다 온 힘을 쏟아내야 했고, 발바닥이 땅에 닿을 때마다 온몸으로 충격을 느끼는 듯했다.

빨리 숙소로 가야 했다. 호텔 근처로 가는 버스표를 구매하는 그 짧은 순간에도 할머니는 앉을 곳을 찾았다. 출발 전 설레던 표정은 이미 달아난 지 오래였다.

"숙소는 여기서 얼마나 걸려? 너무 피곤하네."

"버스 타고 40분 정도 간 다음에 조금만 걸어가면 돼요. 많이 힘드시죠. 조금만 참아주세요."

할머니는 버스에 올라 의자에 앉자마자 등받이를 힘껏 뒤로 젖히며 그동안 참아온 한숨을 크게 내쉬었다. 그리고 바깥 풍경을 내다볼 겨를도 없이 그대로 잠에 들었다.

나는 혹여나 정거장을 지나치지 않을까 걱정하며 핸드폰 지도 어플로 10초에 한 번씩 우리 위치를 확인했다. 처음에 농지가 펼쳐진 시골길을 달리던 버스는 어느새 높은 건물들이 늘어선 도시로 들어섰다. 지도를 보니 어느덧 이 다음이 우리가 내려야 할 정류장이었다.

"할머니, 다음에 내려야 해요."

할머니를 흔들어 깨웠다. 할머니 눈의 쌍꺼풀이 세 겹, 네 겹으로 늘어져 있었다. 할머니는 떨어지지 않는 눈꺼풀을 힘겹게 밀어 올렸다. 그리고 초점도 잡히지 않는 눈에 있는 힘껏 힘을 주며 주섬주섬 내릴 준비를 했다.

버스에서 내려 다시 지도를 확인했다. 호텔은 그리 멀지 않은 곳에 있었다. 이제 400미터만 걸어가면 그토록 기다리던 침대가 우리를 반겨줄 것이다. 다급한 마음에 내 캐리어와 할머니 캐리어를 양손에 들고 앞장서서 걸었다. 100미터쯤 걸었을까. 힘겹게 내 뒤를 따라오던 할머니의 입에서 짜증 섞인 말들이 튀어나왔다.

"할머니 이제 얼마 안 남았어요. 빨리 가서 쉬어요."

"도대체 언제 도착해! 할머니 이러다가 죽겠다, 죽겠어. 숙소가 어디야 도대체."

"할머니 이제 진짜 저 길만 건너면 도착해요. 죄송해요. 조금만 참아주세요."

"아니 무슨 숙소가 이렇게 멀고, 날도 왜 이렇게 뜨거운 거야! 피부가 익어버리겠네 아주."

순간 나도 울화통이 터질 뻔했다. 할머니만 힘든 거 아니라고. 나도 힘들다고. 하지만 할머니 얼굴에서 흐르는 땀을 보자 아무 말도 할 수 없었다. 마치 달팽이가 지나간 자리에 흔적을 남기는 것처럼 할머니가 걸어온 거리에도 얼굴에서 흐른 땀이 방울방울 떨어져 있었다. 순간 할머니가 한없이 작아 보였다. 왠지 모르게 그 상황이 서글펐다.

그 누구도 달팽이에게 빨리 가라고 하지 않는다.

달팽이가 원래 느리다는 것을 알기 때문이다.

햇빛에서 말라가는 달팽이가 짜증을 내는 것도 어떻게 보면 지극히 당연한 일이다.

내 의욕이 앞서서

16시간 만에 도착한 숙소는 사막 속 오아시스 같았다. 푹신한 침대에 냅다 드러누워 정리해둔 여행 일정을 확인했다. 지금이 12시니까 30분 정도 쉬다가 나가서 구경하고 밥 먹고, 7시쯤 돌아오면 되겠구나. 오늘의 계획을 말씀드리려고 할머니가 누워 있는 침대 쪽으로 몸을 돌렸는데, 할머니는 입을 벌린 채 곤히 잠들어 있었다.

'그래, 좀 쉬다가 나가지 뭐.'

몇 시간이나 지났을까. 일어나 보니 어느덧 3시였다. 커튼을 살짝 걷고 밖을 내다보았다. 얼굴에 내리쬐는 이탈리아의 햇볕은 따가웠다. 잠깐 창문을 열어보니 더운 바람까지 훅 들어왔다. 생각보다 뜨거워 바로 창문을 닫았다. 할머니는 드르렁 드르렁 코까지 골고 있었다. 세상모르게 주무시는 모습을 보니 그동안의 긴장이 풀리고 안도의 한숨이 나왔다.

'휴, 그래도 잘 도착해서 다행이다.'

남원 노치마을에서 터키 이스탄불을 거쳐 이탈리아 베네치아까지. 할머니는 태어나서 다녀본 중 가장 먼 곳에 와 있었다. 피로해하시는 것도 당연했다.

할머니가 주무시는 동안 잠시 호텔 밖을 구경하기로 했다. 6월 베네치아의 햇살은 살을 익히는 듯 뜨거웠지만, 둘러보니 아까 급해서 보지 못했던 것들이 눈에 들어왔다. '아 여기가 정류장이구나. 여기에 마트가 있구나.' 그렇게 20분가량 땀을 줄줄 흘리며 주변을 돌아다니다 숙소로 돌아오니 할머니가 일어나 계셨다.

"할머니, 몸 좀 어떠세요? 괜찮으세요?"

"응. 자고 나니까 훨씬 괜찮아졌네."

"오늘은 그냥 쉬실래요, 아니면 나갔다 올까요?"

나는 여행 첫날이라는 설렘에 어서 빨리 관광하고 싶은 마음이 태산 같았다. 나도 모르게 '나갔다 올까요?'에 더 힘을 실었던 것 같다.

"음, 그러게. 몸이 피곤해서 쉬는 게 나을 것 같기도 하고. 할머니는 잘 모르겠네."

"그럼 얼른 나가서 조금만 구경하고 올까요?"

옷을 갈아입고 가방과 카메라를 챙기는 순간부터 이미 마음은 들떴다.

'그래, 이제 드디어 여행 시작이야. 베네치아 본섬 들어가서 배도 타고, 사진도 찍어야지.'

할머니도 주섬주섬 준비하기 시작했다. 하지만 나와 달리 옷을 갈아입는 할머니 손에는 힘이 없어 보였다.

'지금은 힘드셔도 일단 나가면 분명 좋아하실 거야.'

그렇게 편치 않아 보이는 할머니를 이끌고 호텔을 나서는 순간, 다시 한 번 뜨거운 공기가 우리 얼굴을 때렸다. 할머니는 밀려나듯 뒷걸음질 쳤다.

"아이고, 아직도 햇빛이 너무 세네. 방에 조금 더 있다가 나오자, 응?"

"할머니 이제 곧 6시라서 금방 햇빛 약해질 거예요. 빨리 다녀와요."

할머니는 결국 다시 호텔로 들어가지 못하고 내 손에 이끌려 발걸음을 이어나갔다.

베네치아 본섬 도착.

벌써 5시. 계획보다 늦어졌다는 생각에 서둘러 버스 정류장을 향해 나아갔다. 낯선 환경에 긴장되는지 할머니는 날씨가 무척 더운데도 나에게 한껏 붙어 서 계셨다.

오후 늦은 시간이라 사람이 많지 않을 줄 알았는데 정류장에는 사람들이 길게 줄을 서 있었다. 인파를 비집고 본섬 가는 버스에 올라타니 한 이탈리아 할아버지가 할머니를 보고 자리를 양보해주었다.

"아이고 고맙기도 해라."

할머니는 고맙다는 표시로 고개를 숙여 보이고는, 자리에 앉아 창문을 열고 땀을 식혔다.

오후 6시가 지났는데도 베네치아의 햇볕은 뜨거웠다. 그래도 베네치아 본섬에 도착하자 할머니의 지쳤던 표정이 조금 달아났다. 평소에 배 타는 것을 좋아하는 할머니에게 물의 도시 베네치아는 긍정적인 의미로 충격 그 자체였다. 베네치아는 할머니가 난생처음 보는 생소한 것으로 가득 차 있었다. 할머니는 세상에 이런 것이 있나 하는 표정으로 주변을 둘러보기 바빴다.

"아이고, 어떻게 물 위에다가 집을 지었을꼬. 오메 홍규야 저것 봐라. 강에 배가 억수로 떠다닌다."

"할머니 저 배가 여기 버스래요. 이 마을은 버스가 못 다녀서 사람들이 배를 버스처럼 타고 다닌대요."

"아이고 참말로 신기하다, 신기해."

수상버스를 타고 가는 동안에도 할머니의 감탄은 계속되었다. 창밖을 내다보며 고개를 쉴 틈 없이 좌우로 바삐 돌렸다.

"홍규야, 저기 건물 위에 조각 좀 봐. 어쩜 저렇게 예쁘게 조각했을까. 여기 사는 사람들은 내가 좋아하는 배도 실컷 타고, 좋겠네."

"그러니까 말이에요. 할머니, 힘들어도 막상 나오니까 괜찮죠?"

"응. 손자 덕분에 이런 것도 보고 할머니는 너무 좋아."

역시 내 생각이 맞았어. 막상 나오면 좋아하실 거라니까. 은근히 어깨가 올라갔다. 스스로 자랑스러웠다. 첫날부터 이렇게 좋아하시니 앞으로도 이렇게만 하면 되겠다 싶었다. 할머니는 마치 소풍지에 도착한 학생들처럼 신기하다는 듯 이곳저곳 둘러보고, 잔뜩 들떠서 까르르 웃음을 터뜨렸다.

할머니의 미소는 그 이후로도 한동안 떠나지 않았다. 그중 할머니의 입이 가장 크게 벌어진 순간은 베네치아에서 가장 유명한 산마르코 광장에 도착했을 때다. 광장에 서서 성당과 주변 건물을 둘러보던 할머니는 하얀 치아가 다 보이도록 크게 웃으셨다.

행복한 순간은 그리 오래 가지 않았다. 산마르코 광장에 도착한 지 불과 20분밖에 안 지났는데, 웃음 가득했던 할머니의 얼굴은 딱딱하게 굳어버렸다. 하늘색 윗도리가 땀에 젖어 짙은 파란색으로 보일 지경이었다. 선글라스를 벗자 드러난 눈은 거의 감겨 있었다. 할머니는 극심히 지쳐 있었다.

그제야 할머니가 호텔을 나설 때 했던 말이 떠올랐다.

"아이고, 아직도 햇빛이 너무 세네. 방에 조금 더 있다가 나오자, 응?"

내 의욕이 앞섰다는 생각에 죄책감이 들었다. 할머니의 몸 상태를 몰라도 너무 몰랐다.

산마르코 광장에서 행복해하시던 할머니.

15센티미터가
이렇게 높은 거여?

15센티미터.

한 뼘 조금 안 되는 길이.

초등학생 시절 필통에 쏙 들어가던 조그마한 자의 길이.

A4 용지를 세로 방향으로 반 접은 것과 비슷한 길이.

그리고 베네치아 다리를 건너기 위해 올라가야 하는 계단 하나의 높이.

누군가에게는 별거 아닐지 모를 15센티미터가 할머니에게는 커다란 벽이었다.

산마르코 광장을 20분쯤 구경했다. 그때까지도 해는 마치 우리를 놀리는 것처럼 강하게 내리쬐었고, 할머니는 매분 매 초마다 눈에 보이게 지쳐갔다. 처음 산마르코 광장에 도착해서 지었던 미소는 이미 사라져버린 지 오래. 계속 주변을 두리번거리며 그늘과 앉을 곳을 찾기 시작했다.

"할머니, 여기 의자 있어요. 여기 앉아 좀 쉬세요."

그늘진 곳에 앉자마자 다리를 쭉 펴고 무릎을 주무르는 할머니. 앉아 있다기보다는 누워 있다는 표현이 맞을 것 같다.

"이제 오늘 볼 건 다 봤지? 어서 숙소로 들어가자."

마치 노치마을에서 오늘 할 밭일을 겨우 다 마쳤을 때와 같은 투였다.

"예, 할머니. 오늘 볼 것은 다 봤고, 이제 돌아가면 돼요."

"아이고 잘 봤다. 손자 덕분에 잘 봤어."

지도를 확인해보니 버스 정류장인 리알토 다리는 산마르코 광장에서 550미터 정도 떨어져 있었다. 약 7분 거리였다.

"할머니 좀 쉬다가 괜찮아지시면 가요."

"얼른 방에 가서 쉬는 게 훨씬 낫지. 얼른 가자 얼른."

엉덩이에 묻은 먼지를 털고 휘청휘청 일어나는 할머니. 그런 할머니의 손을 잡고 리알토 다리를 향해 걷기 시작했다. 광장에서 나와 좁은 거리로 들어서자 양옆으로 휘황찬란한 빛을 내뿜는 보석 가게들이 줄지어 서 있다. 기념품을 파는 상점과 음식점 들도 있었다. 구경하고 싶은 마음이 굴

똑같았지만 그럴 여유는 없었다. 애써 눈을 돌리고 리알토 다리를 향해 앞만 보고 걷고 또 걸었다.

"할머니 저기 보여요? 다 왔어요. 저기예요."

이제 수상버스 정류장까지 남은 것은 리알토 다리뿐이었다. 계단을 오르고 다리만 건너가면 되었다. 15센티미터 정도의 낮은 계단이었기에 두 개씩 성큼성큼 올라가기 시작했다.

그런데 갑자기 옆구리가 휑했다. '뭐지?' 하고 뒤를 돌아보니 할머니가 아직 몇 계단 올라오지 못한 채 멈춰 서 있었다.

"할머니 괜찮아요?"

"응. 괜찮아. 먼저 올라가."

말을 마친 할머니는 계단을 일고여덟 개 정도 오른 뒤 다시 멈춰 숨을 고르기 시작했다.

"할머니 곧 수상버스 와요. 빨리 가야 해요."

"아이고 계단이, 계단이 너무 높아."

할머니는 이를 악문 채 계단을 하나하나 오르기 시작했다. 그렇게 다시 일곱 개쯤 오르고 자리에 멈추어 숨을 골랐다.

가슴속이 답답해졌다.

'고작 15센티미터짜리 계단 오르는데 왜 힘들지? 계단 몇 개 오르는 게 뭐가 힘드냐고. 그냥 쓱쓱 걸어 올라오면 되는데 이게 왜 힘든 거지?'

할머니는 내 속마음을 읽은 듯 머쓱한 얼굴로 말했다. 그때까지도 가쁜 숨을 내쉬고 있었다.

"우리 강아지 먼저 올라가 있어. 할머니 금방 올라갈게."

어린 시절, 할머니는 내 손을 잡고 계단을 올라주셨다. 그때 나에게 계단은 높기만 했다. 한 번에 다음 계단에 다리가 닿지 않아 한 발 먼저 올리고 다른 쪽 다리를 같은 칸에 올리는 식으로 한 칸씩 천천히 올라갔다. 내가 그렇게 계단을 오르는 동안 할머니는 혹시나 손자가 넘어지지는 않을까 염려하며 손을 꼭 잡아주셨다.

올라왔던 계단을 도로 내려가 할머니 옆에 붙어 섰다. 할머니 손을 잡고 부축했다. 할머니는 내 손을 잡고 나에게 의지했다. 할머니의 무게가 나에게 실렸다. 어릴 적에는 내가 할머니 손에 내 몸을 의지했지만, 이제는 내가 할머니가 기댈 수 있는 기둥이 되었다.

그렇게 우리는 한 계단, 한 계단 15센티미터의 벽을 함께 넘었다.

그날 이후로도 나는 계단이 보일 때마다 할머니 옆에 보디가드처럼 붙어 선다.

할머니의 15센티미터와 나의 15센티미터는 전혀 다르다는 것을 알기 때문이다.

할머니의 속마음

누구에게나 남에게는 말하지 못하는 속마음이 있다.

나도 여행하는 동안 할머니에게 속 시원히 하지 못한 말들이 있다.

거리낌 없이 말하는 할머니조차도 나에게 말하지 못한 것들이 꽤 있을 것이다.

오늘은 할머니의 속마음을 우연히 본 날이다.

할머니가 또박또박 써놓은 한 글자, 한 글자.

할머니의 문장은 힘든 여행을 지탱하는 힘이 되어주었다.

오늘 하루는 참 길었다. 마치 하루가 이틀 같았다. 공항에서 숙소로, 그리고 본섬 구경까지. 아침에 쓰러지기 일보 직전에 숙소에 도착한 것처럼 저녁에도 겨우 숙소에 도착했다. 수상버스에서 내려 기차를 타고 다시 돌아오기까지 오늘 하루를 돌아보며 얼마나 후회했는지 모른다.

숙소에 도착하자마자 침대에 드러누운 할머니.

"오늘 여행한 곳이 어디라고?"

"베네치아요 할머니. 이탈리아 수상도시예요."

"베네, 베네 뭐시기? 수상도시?"

"네. 베, 네, 치, 아, 물의 도시요."

여행 출발하기 전과 베네치아에 도착한 후, 관광하면서도 계속 말씀드렸는데 '베네치아'라는 도시명은 할머니에게 여전히 낯선 단어였나 보다. 할머니는 그 말을 듣고 침대에 누운 채로 핸드폰을 켰다. 그러고는 풀린 눈에 다시 힘을 주고, 손가락으로 자판을 꾹꾹 눌러가며 무엇인가를 메모장에 입력했다,

"할머니 샤워하고 올게. 자식들한테 잘 도착했다고 사진 보내게 인터넷 좀 연결해줘."

"예 할머니. 연결해둘게요."

와이파이를 연결해드리기 위해 할머니 핸드폰을 들었다. 아직 활성화되어 있는 메모장 어플에 할머니가 "오늘 여행한 이탈리아 도시 배내치아"라고 적어둔 것이 보였다. 뒤로

가기 버튼을 눌렀다. 메모장에는 방금 쓴 것 말고도 여러 가지 메모가 적혀 있었다.

- 큰아들 집 주소 서울 성북구 *xxx*
- 작은아들 집 주소 인천 연수구 *xxx*
- 파 마늘 배추

그중 하나가 눈에 띄었다. 쓰인 날짜는 여행 일주일 전. 할머니가 여행 짐을 챙기고, 여행 기간 동안 하지 못할 밭일을 미리 부지런히 해두던 시기였다. 뭘까, 하는 궁금증에 그 메모를 확인했다. 메모장에는 다음과 같은 글이 적혀 있었다.

손자랑 가는 여행이 많이 설레고, 고맙다.
무릎이 아파서 많이 못 걸을까 봐 걱정이다.
손자한테 폐 안 끼치게 노력해야겠다.

눈물이 흘렀다. 참 주책맞다 싶었지만 눈물이 멈추지 않았다. 오늘 하루 동안 짜증만 냈던 스스로가 너무 부끄러웠다. 이번 여행을 두고 할머니도 나 못지않게 많이 준비하고 크게 다짐했다. 그리고 무엇보다 손자에게 짐이 되지 않을까를 가장 걱정하고 계셨던 것이다.

조금 뒤 샤워를 마치고 나온 할머니에게 아무 일 없었다는 듯 핸드폰을 건네드렸다.

"할머니 와이파이 연결했어요. 오늘 제가 무리하게 나가자고 해서 힘드셨죠? 죄송해요."

"아니야, 오늘 손자 덕분에 진귀한 거 많이 봤는데 뭘. 우리 손자가 할머니 데리고 다니느라 고생이 많았지. 할머니 오늘 너무 좋았어. 정말로."

여행 첫날 우연히 본 메모는 여행 내내 머릿속에 남아 있었다.

여행이 끝나고 한국에 돌아와서도 잊고 싶지 않은, 평생 기억하고 싶은 아름다운 추억이다.

이 글을 보시면 할머니도 내가 메모를 봤다는 걸 알게 되실 텐데, 부끄러워하실 할머니 얼굴이 그려진다.

할머니 무슨 약을
이렇게 많이 먹어요?

늙는다는 것은 어떤 걸까.

얼굴 한쪽에 약간 주름이 잡히고 검은 머리카락 사이에 흰머리가 삐죽 튀어나오면서, 그렇게 가랑비에 옷 젖듯 나도 모르게 시작되는 것이 아닐까.

시간이 흐름에 따라 시력과 청력은 점점 안 좋아지고, 근육들은 서서히 느슨해져간다.

그렇게 자신도 모르는 사이에 마치 족쇄를 다는 것처럼 육신을 무자비하게 옭아매버린다.

그날 아침엔 코끝을 찌르는 물파스 냄새에 잠에서 깼다. 눈을 떠보니 할머니가 침대 끝에 걸터앉아 열심히 무릎에 물파스를 바르고 있었다.

"할머니 벌써 깨셨어요? 조금 더 주무시지, 피곤하실 텐데."

"아이고, 잠이 와야 말이지. 새벽 3시에 깨 가지고 잠이 안 와 혼났다."

"무릎에 바르시는 건 뭐예요?"

"응, 이거 할머니가 서울 약국에서 사 온 물파스야. 오늘도 거뜬히 걸어내려면 발라야지."

온 무릎이 반들반들해 보일 정도로 물파스가 많이 발라져 있다. 하지만 그래도 부족하다는 듯 여전히 할머니의 손은 부지런히 양 무릎을 오가고 있었다. 나는 할머니가 바르는 물파스 양에도 놀랐지만, 할머니 다리에 더 크게 놀랐다. 상체에 비해 다리가 너무나도 앙상하게 말라 있었다. 통이 넓은 바지에 가려서 몰랐는데 이렇게 말랐었구나. 이래서 어제 계단 오르기를 버거워하셨구나. 이제야 할머니가 왜 그렇게 힘들어하셨는지 이해가 갔다.

"할머니, 다리 살이 예전보다 많이 빠졌네요?"

"응, 원래 나이 들면 다리 살이 빠져. 너도 나이 들어봐."

새 다리처럼 얇은 두 다리는 몸을 지탱하기에는 한없이 부족해 보였다. 할머니는 그런 다리로 걸을 때마다 느껴지는 고통을 버티기 위해 물파스를 바르고 있었던 것이다. 알싸한 물파스 냄새가 온 호텔방에 진동할 정도가 되어서야 할머니는 물파스 뚜껑을 닫았다.

"할머니, 다 바르셨으면 내려가서 아침 먹고 올까요?"

"음 그럴까? 일찍 깨서 그런지 배가 고프긴 하네."

잠시 후 조식을 먹고 방에 돌아온 할머니는 파스를 바르던 침대 한 켠에 다시 걸터앉아 캐리어를 열었다. 캐리어 한쪽에는 옷과 선글라스, 모자 따위가 차곡차곡 들어 있었다. 그리고 나머지 공간을 빽빽이 메운 것은…… 약이었다. 둘둘 말린 약봉지들이 큰 뭉치를 이루었다. 이 약들을 한데 부으면 밥그릇으로 몇 공기는 나올 것 같다.

약을 밥처럼 먹는 할머니. 문득 할머니란 단어 속에 감춰진 일상이 참 많다는 걸 느꼈다. 분명 내가 어릴 적만 해도 약 하나 안 드시는 분이었는데. 심장이 안 좋아져 심장약을 매일 챙겨 드신다는 말은 들었지만, 막상 이렇게 눈앞에서 많은 약을 보니 묘한 감정이 올라왔다. 그동안 내가 할머니에게 너무 무관심한 것은 아니었을까.

할머니는 능숙한 동작으로 약봉지를 찢고 손 위로 약들을 털어냈다. 손바닥 위에 쏟아진 알약은 자그마치 여섯 개.

"할머니 무슨 약을 이렇게 많이 먹어요?"

"원래 나이 들면 약으로 버티는 거야."

할머니는 말을 마치자마자 손에 있던 약들을 입안에 털어 넣었다. 한 번에 넘기기에는 많은 양이라 생각했는데 역시나 한 모금 넘기고, 물 한 모금 더 마신 다음 남은 알약을 넘겼다. 그 모든 과정이 오래 해온 것처럼 너무나도 자연스러웠다.

화통하고 하고 싶은 말은 다하는 성격이라 스트레스 따위 안 받으실 것 같았는데. 할머니는 몇 년 전 심장에 이상이 생겨 수술을 받았다고 했다. 심장이 갑자기 이유 없이 안 좋아진 건 아닐 터다. 힘든 일이 있어도 선뜻 누구에게 말하지 못하고, 혼자 자기 가슴을 치며 견뎌오셨던 건 아닐까. 속상해서 가슴을 쳤을 할머니를 떠올리니 약을 입에 대지도 않았는데 쓴 약을 먹은 것처럼 혀끝이 알싸해왔다.

할머니의 약이 더 이상 늘지 않았으면 좋겠다.

약이 없어도 건강하게 다니실 수 있는 할머니를 상상해 본다.

나중에 다시 여행을 간다면 그때는 캐리어에 약 봉투 대신 할머니가 좋아하는 색색깔 옷가지들을 더 채워 가고 싶다.

직접 물어보지 않고는
이해할 수 없는 것

"할머니 오늘은 배 1시간 넘게 타요. 배 꽤 오래 타고 섬
으로 들어갈 거예요."

"그래? 할머니는 배 타는 게 제일로 좋아."

여행 둘째 날, 오늘은 아이유의 뮤직비디오 촬영지로 유
명해진 베네치아의 부라노섬에 다녀오기로 했다. 여행책을
읽어보니 부라노섬에는 알록달록한 색깔 페인트로 칠한 집
들이 많아서 아무 데서나 사진을 찍어도 인생샷을 남길 수
있다고 했다. 그래서 오늘은 할머니의 인생 사진을 여러 장
찍어드리는 것을 목표로 삼았다.

"아이고, 어째 저렇게 예쁘게 집을 색칠했을까?"

"할머니 저기 서보세요. 제가 사진 찍어드릴게요."

새벽에 깨었지만 할머니의 몸은 어제보다 한결 가벼워 보였다. 어제의 고생을 보상받는 느낌이다. 실제로는 여행 2일 차였지만 왠지 할머니와의 여행이 본격적으로 시작된 날은 오늘인 것 같은 이 기분. 할머니의 손을 잡고 부라노섬의 한적한 마을을 구경하며 돌아다녔다. 분홍, 노랑, 주황, 파랑 등으로 예쁘게 색칠한 집들이 다닥다닥 붙어 서 있고, 집들 사이 수로에는 조그마한 배들이 정박해 있었다.

아침 일찍 와서 그런지 마을에는 유독 사람이 없었다. 유유자적하게 걷다가 집들을 배경으로 사진도 찍고, 그늘 밑 벤치에 앉아 먼바다를 바라봤다. 할머니는 한참을 앉아서 쉬시다가 내리쬐는 햇볕이 어제 오후처럼 심상치가 않다며 자리에서 일어날 채비를 했다.

"흥규야 더워지기 전에 어서 들어가야겠어. 어서 들어가자, 어서."

배를 타러 돌아가는 길, 우리는 조그마한 옷가게를 하나 발견했다. 할머니는 잠시 망설이더니 가게로 들어갔다.

"할머니 뭐 사시려고요?"

"응, 너희 엄마랑 이모 스카프 좀 사다 줄까 해서."

할머니는 진열된 스카프들을 조심스레 만져보더니 마음

아이유만큼 아름다운 할머니와 부라노섬에서.

에 드는 것 몇 개를 골라 손에 들고 물었다.

"원단이 참 좋네, 좋아. 어때, 이거 너희 엄마랑 이모한테 잘 어울리겠지?"

"예, 잘 어울릴 것 같아요. 엄마랑 이모가 좋아하겠는데요. 할머니 근데 삼촌들은요? 삼촌들은 안 사주세요?"

"에이 그놈들은 사줄 필요 없어. 차라리 며느리나 손주들 사주는 게 훨씬 낫지."

의외였다. 내 머릿속에 박혀 있던 할머니에 대한 선입견과는 사뭇 다른 대답이었기 때문이다. 예전에 엄마는 내게 할머니가 남아 선호 사상을 가지고 있어서 아들만 예뻐한다고 말했다. 서운한 티를 팍팍 내면서. 무슨 일이 있었냐고 물어보니 할머니가 평소에도 아들들한테 더 잘해주고, 나중에 집과 밭, 땅도 더 많이 물려주기로 했다는 것이다. 장녀라는 이유로 집안의 기둥 역할을 도맡아 해왔던 엄마가 불만을 가지기 충분한 일이었다.

그런 할머니가 지금은 딸들 줄 선물을 먼저 고르고 있었다. 아무리 아들이 좋다고 해도 역시 같은 여자로서 딸들에게 마음이 간다는 건가. 아니면 삼촌들한테는 몰래 따로 더 좋은 선물을 사주려고 그러시나.

가게를 나올 때 할머니의 손에는 각각 선물 포장한 스카프 네 장이 들려 있었다. 두 개는 엄마와 이모에게, 나머지 두 개는 며느리들에게 줄 거라고 했다.

배 타고 돌아오는 길, 할머니는 옆자리에 앉은 파란 눈에 하얀 얼굴, 붉고 둥근 뺨을 가진 외국인 여자아이에게 시선을 떼지 못하셨다.

"어쩌 여기 아기들은 다들 이렇게 천사처럼 예쁠꼬."

할머니가 자신을 보며 웃으니 아이는 처음엔 무섭다는 듯 엄마 뒤에 숨었다. 아이 엄마가 괜찮다고 말해주니, 그제야 아이도 할머니를 보며 천사 같은 미소를 지었다.

"우리 손자 이제 취업했으니 어서 결혼해서 저렇게 예쁜 애도 낳고 해야지."

"에이, 할머니 저 아직 결혼하기엔 너무 어려요."

"할머니는 네 나이 때 너희 삼촌을 낳았어."

그래도 아직 이르다고 말하며 넌지시 물었다.

"근데 할머니는 아들이 좋아요, 딸이 좋아요?"

할머니가 남아 선호 사상을 가지고 있다는 엄마의 말이 사실인지 알아내기 위해 물어본 말이었다.

"에이! 네 인생인데 그게 뭐 중요하간. 아들이면 어떻고 딸이면 어때. 잘 낳아서 잘 키우기만 하면 되지."

그랬다. 역시 아무래도 엄마의 단순 질투였던 것 같다고 생각하는 찰나, 할머니가 고개를 돌리며 조용히 말했다.

"음, 그래도 떡두꺼비 같은 아들이 좋긴 하지."

정말 혼란스러운 하루다.

저녁에 다시 할머니에게 물었다.

"할머니 나중에 땅이랑 집 다 삼촌들 준다고 했다면서요?"

"너희 엄마랑 이모는 시골 오는 것도, 일하는 것도 싫어하지 않냐. 그런데 너희 삼촌들 봐라. 할머니가 일손 부족할 때마다 몇 번이고 내려와서 밭 갈아주고, 가지 쳐주고 하잖아? 그러니 당연히 그 밭을 누구 줘야겠어?"

할머니 말대로 삼촌들은 시골에 일손이 필요하다고 하면 주말마다 내려가 일을 도왔다. 심지어 큰삼촌은 나중에 은퇴할 때가 되면 노치마을에 내려가서 농사를 지으며 살고 싶다고 했다. 그렇게 보면 할머니가 왜 집과 땅을 삼촌들에게 물려주려는 건지 충분히 이해할 수 있다. 할머니는 그저 자기가 평생을 들여 일군 밭과 논을 잘 가꾸어줄 자식에게 물려주고 싶었을 뿐이다.

그렇게 생각하니 왠지 엄마보단 할머니 편에 서게 된다.

아이고 배야!

"사진 진짜 잘 나왔네. 이거 보내줘야겠다."

돌아가는 배 안에서 할머니는 어제오늘 찍은 사진과 동영상들을 보며 잘 나왔다며 감탄하기도 하고 웃기게 나왔다며 깔깔 웃기도 했다. 다 보시고는 자식들 있는 카톡방에 잘 나온 사진 몇 장과 짧은 안부를 전했다.

– 부라노섬 부지런히 여행하고, 더워지기 전에 얼른
  숙소로 돌아가는 길. 흥규가 사진 예쁘게 찍어줬네.

배는 1시간가량 왔던 길을 그대로 돌아갔다. 창밖에서 시원한 바람이 불어와 땀을 식혀주었다. 배에 탄 사람들 모두

가 잠에 빠진 듯 배 안은 고요했다. 들려오는 것은 터덜터덜거리는 엔진 소리와 배가 물을 가르며 나아가는 소리뿐이었다. 이 소리들이 자장가가 된 듯 할머니 역시 어느새 앉은 채로 잠들어 있었다.

배를 갈아타기 위해 기다리고 있을 때, 할머니가 다급하게 내 어깨를 두드렸다.

"홍규야, 홍규야. 할머니 갑자기 배가 아픈데 어떻게 하지? 혹시 근처에 화장실 있나?"

"예?! 화장실이요? 잠시만요."

차분히 대답했지만 속으로는 무척 당황스러웠다. 여기서 화장실을 어떻게 찾지. 서둘러 주위를 둘러봤지만, 개똥도 약에 쓰려면 없다더니. 평소에는 그렇게 눈에 잘 띄던 화장실 표지판이 오늘따라 코빼기도 보이지 않았다.

나도 지하철에서 갑자기 배가 아파서 고통스러웠던 일을 꽤 많이 겪어봤다. 나오려는 것과 막으려는 자. 그 싸움에서 이기는 것은 정말이지 너무나 힘든 일이다. 할머니의 상황이 얼마나 절박한지 충분히 알 수 있었다.

내 머릿속에 떠오른 화장실이 있을 만한 장소는 큰 건물과 프랜차이즈 매장! 외국이라도 스타벅스, 맥도날드 같은 매장에는 화장실이 있지 않은가. 핸드폰 지도 어플을 켜고 스타벅스 매장을 검색했다. 그런데 맙소사, 한국에 그렇게 많은 스타벅스가 하나도 없다. 역시 커피의 고장이라는 건가. 다행히 맥도날드는 있다. 거리도 멀지 않다. 650미터, 8분 거리. 그 정도면 충분히 승산이 있다.

"할머니! 화장실 찾았어요. 따라오세요."

"홍규야. 할머니 급한데. 아이고 어쩌지."

할머니는 점점 더 사색이 되어가고, 삐질삐질 흐르는 땀이 얼굴을 적셨다. 배배 꼬여 있는 다리가 1분 1초가 급박하다는 것을 알렸다. 여기서 괜히 프랜차이즈 매장을 찾아 걸어갔다가는 일이 더 커질지 모른다.

무작정 거리로 들어갔다. 양옆에 식당이 줄줄이 서 있다. 메뉴판을 보여주며 식당으로 들어오라는 종업원에게 정말 미안한데 화장실 한 번 쓸 수 있겠냐고 물었다. 식사를 안 하면 이용할 수 없다고 단호하게 거절할 줄 알았는데, 직원은 할머니의 한껏 상기된 얼굴을 쓱 보더니 서둘러 안쪽을 가리키며 들여보내주었다. 할머니는 그대로 매장 안으로 뛰어 들어가 2층 화장실로 직행했다. 직원은 그 모습을 보고 자기도 그런 상황을 충분히 공감한다는 듯 털털하게 웃어 보였다.

그렇게 10분쯤 지났을까, 할머니가 두 손으로 배를 통통 두들기며 세상 시원하다는 표정으로 계단을 내려오셨다. 모든 걱정을 훌훌 털어버린 듯 개운한 표정이었다.

"아이고 시원하다 시원해. 너무 시원해."

우리는 가게를 떠나며 우리를 절체절명의 위기에서 구해준 은혜로운 직원에게 고맙다고 허리를 몇 차례나 더 숙였다.

누가 인간의 3대 욕구를 식욕, 수면욕, 성욕이라고 했던가. 그 사람은 급똥을 겪어보지 않은 게 분명하다. 물론 성욕이 있어야 자손을 낳고 인간이라는 종을 유지할 수 있는 거라지만, 그전에 나부터 살아야 할 게 아닌가. 인간의 3대 욕구는 식욕, 수면욕, 배변욕으로 바뀌어야 한다.

우리에게 화장실을 기꺼이 내어준 음식점이 대박 나고 돈 많이 벌기를 기원한다.

3장.

여행은 서로에게 물드는 시간
―이탈리아의 베로나, 밀라노

도대체
엘리베이터가 뭐길래

만약 다음에 할머니랑 여행을 간다면,
에어비앤비는 절대로, 절대로 다시는 예약하지 않을 거다.

　여행을 준비하며 가장 많은 시간과 정성을 쏟은 부분은 숙소 선정이었다. 자고로 숙소란 깨끗한 침대와 푹신한 베개가 있어 편히 누울 수 있어야 하고, 따뜻한 물이 콸콸 나와 하루 종일 여행하며 쌓인 피로를 눈 녹듯 녹일 수 있어야 한다. 관광지와 가깝고 가격까지 합리적이라면 그야말로 금상첨화!
　다양한 고려 요소들이 있겠지만, 우리가 숙소를 고를 때 최우선으로 고려한 것은 '가격'과 '위치'였다. 할머니와 함께 가는 여행이었으니 관광지에서 가까울수록 좋았다. 하지만 역시 이곳은 자본주의 논리가 지배하는 세상이다. 많은 사람들이 원하는 곳은 항상 가격이 비싸다.

어쩔 수 없이 우리가 선택할 수 있는 숙소는 관광지에서 조금씩 멀어진다. 그러다 보면 처음에는 관광지까지 걸어갈 수 있는 거리에서 시작하여, 걷기에는 약간 부담스러운 거리, 버스나 지하철을 타지 않으면 안 되는 거리까지 고려해야 하는 상황이 닥친다.

베로나에서 머물 숙소를 예약할 때도 마찬가지였다. 가격과 위치 사이에서 최적점을 찾아가다 보니 숙소는 관광지로부터 점점 멀어져갔다. 더 이상 멀어져서는 안 된다는 판단 끝에 찾아낸 돌파구는 호텔이 아닌 가정집을 빌리는 에어비앤비였다. 확인해보니 의외로 예약할 수 있는 방이 많았다. 작고 여행객들이 그리 많지 않은 도시라서 그런지 관광지랑 멀지 않은데도 가격이 호텔의 절반 정도밖에 되지 않았다. 더군다나 방에는 주방도 딸려 있었는데, 근처에서 장을 보고 밥을 해 먹을 수 있어 식비도 아낄 수 있을 것 같았다.

하지만 가격이 싸다고 홀린 듯 예약했다가는 생각지 못한 부분에서 낭패를 볼 수도 있기에 후기를 샅샅이 살폈다.

그 방을 이용한 사람들 대부분이 가격이며 위치, 모두 마음에 든다고 만점에 가까운 점수를 줬다. 더 이상 지체하다가는 이 좋은 방을 누군가에게 뺏길 수도 있겠다는 생각이 들어 서둘러 예약했다.

베로나로 떠나는 아침에는 모든 것이 완벽했다. 일찍 일어나 여유롭게 호텔 조식을 먹고 기차에 몸을 실었다. 객실은 한국의 KTX처럼 깨끗했고, 머리 위에서 불어오는 에어컨 바람도 매우 시원했다. 할머니가 베로나까지 1시간 반밖에 걸리지 않는 것이 아쉽다고 말씀하실 정도였다.

로미오와 줄리엣의 도시 베로나는 여름에 도시 중앙에 있는 오페라극장에서 야외 공연도 할 만큼 매력적인 도시였다. 그래서 꼭 할머니를 모시고 가고 싶었다. 무엇보다 걸어서 하루면 다 돌아볼 수 있을 만큼 작고, 도시 자체가 한적한 시골 마을처럼 조용해서 잠시 쉬어가는 곳으로 제격이었기 때문이다.

"할머니 이번에는 호텔이 아니라 가정집을 빌렸어요. 지도 보니까 버스 타고 조금만 걸어가면 돼요."

"그래? 호텔이 아니라고? 신기하네."

기차에서 내리자 피부로 느껴지는 햇볕은 역시나 뜨겁

다. 숙소까지는 15분가량 버스를 타고 도보로 300미터 가면 된다. 한국에서 가져온 반찬 때문에 무거운 캐리어를 끌고 땀을 뻘뻘 흘리며 지도가 가리키는 곳에 이르니 5층짜리 빌라가 있다. 외관은 호텔과 비교할 거리가 못 되었지만 나름대로 깔끔했다. 그래 뭐, 방만 괜찮으면 되지.

"할머니 여기예요. 잠시만요. 주인한테 연락해볼게요."

어제 저녁 미리 에어비앤비 호스트에게 연락하여 물었다. 내일 아침 기차를 탈 계획이라 11시쯤 숙소에 도착할 것 같은데 혹시 숙소에 일찍 들어갈 수 있느냐고. 호스트는 친절하게도 전날 묵었던 손님이 나가면 30분 정도 청소한 다음 늦어도 11시 반쯤에는 숙소를 내주겠다고 했다. 혹시 청소가 더 빨리 끝나지는 않았을까 하는 마음에 메시지를 보내보았지만 답장은 오지 않았다. 그래, 우리가 조금 빨리 왔지. 좀 기다리지 뭐.

"할머니 저희가 조금 빨리 왔나 봐요. 여기 캐리어에 기대고 조금만 앉아 계세요. 메시지 보냈으니까 곧 들어갈 수 있을 거예요."

"그래? 할머니 아직 버틸 만해. 가방에서 물이랑 손 선풍기만 꺼내줘."

그늘에 앉아 손 선풍기 바람을 쐬면서 기다린 지 20분이 지나고 40분이 지났다. 약속한 시간은 이미 지나 시계의 시침이 숫자 12에 가까워지고 있었지만 아직도 호스트는 묵묵부답이었다. 그사이에 메시지를 세 번 더 보내고, 전화도 걸어봤지만 통화 대기음만 끝없이 이어졌다.

"할머니 죄송해요. 분명 어제 연락해서 빨리 들어갈 수 있게 부탁했는데 답장이 없어요."

"아이고 주인이 뭐 그래. 그럼 어째, 무턱대고 계속 기다려야 하나."

사기를 당했나, 다른 숙소를 다시 구해야 하는 걸까. 만약 그래야 한다면 돈이고 뭐고 이 더위에 어떻게 할머니를 모시고 다른 숙소까지 가지.

"할머니 죄송해요. 30분만 더 기다려보고, 그때까지 연락 안 오면 제가 다른 숙소를 알아보든지 방법을 찾아볼게요."

12시가 지나자, 해가 중천에 떠오르면서 우리가 몸을 기대고 있던 시원한 그늘의 면적이 점차 줄고, 따가운 햇볕이 무릎 위로 넘어오기 시작했다. 더 이상 이렇게 길거리에 앉아서 기다리고 있을 수는 없었다. 이번이 마지막이라는 생각으로 다섯 번째 전화를 걸었다.

뚜루루. 뚜루루. 뚜루루.

역시 이번에도 안 받는 건가, 하는 순간 통화 대기음이 뚝 하고 끊기고 드디어 호스트가 전화를 받았다. 얼마나 기다렸던 호스트의 목소리인가. 이제 막 청소가 끝났으니 빌라 입구로 오라고 했다. 불과 몇 분 전만 해도 분노가 쌓여 폭발하기 일보 직전이었는데 막상 답을 받으니 '아 이제 들어갈 수 있구나'라는 안도감이 밀려들었다.

"할머니, 드디어 연락됐어요! 더우시죠. 어서 들어가서 쉬어요."

"아이고, 참나 방 한 번 들어가기 엄청 수고스럽네. 어서 가자, 어서."

손수건으로 줄곧 땀을 훔치던 할머니는 다 젖은 손수건을 손에 쥔 채 자리에서 일어났다. 우리를 맞아준 호스트는 청소하느라 바빴는지 땀을 뻘뻘 흘리고 있었고, 연락이 늦어서 미안하다고 말하며 자기를 따라오라고 손짓했다.

호스트는 할머니의 캐리어를 들고는 앞장서서 계단을 올랐다. 뭔가 잘못되었음을 느끼고 주위를 둘러봤다. 나름 꼼꼼하게 확인했는데도 놓친 게 있었다. 바로 엘리베이터. 아무리 눈을 크게 뜨고 둘러봐도 당연히 있을 것이라 생각했던 엘리베이터가 보이지 않았다.

"저…… 할머니 여기 엘리베이터가 없어서 걸어 올라가야 할 것 같아요. 당연히 있을 줄 알았는데…… 죄송해요."

불행 중 다행으로 우리가 예약한 방은 2층이었지만, 계단이 유난히도 가팔라 보였다. 할머니는 높은 계단을 보자마자 뒷걸음질 치며 엉덩방아를 찧을 뻔하셨다. 그러지 않아도 가쁜 숨을 내뱉던 입이 힘없이 벌어지고, 넋 나간 얼굴이 되었다. "지금까지 밖에서 땀 뻘뻘 흘리며 기다렸는데. 이제 계단까지 올라야 한다고?"라고 말씀하시는 듯했다.

내가 생각한 여행은 이런 게 아니었는데. 그동안 농사일, 밭일로 힘드셨을 할머니에게 휴식 같은 여행, 그동안의 고생을 보상받는 편한 여행을 선물해드리고 싶었는데. 생각한 대로 풀리지 않는 이 상황이 너무 원망스러웠다. 나 자신에게 화가 났고, 엄마와 삼촌들에게 미안하다는 생각만 들었다.

"아이고 뭐 어쩔 수 없지. 이것만 올라가면 되지? 어서 올라가자 그럼."

"할머니, 제가 업어드릴게요!"

"에이 업긴 뭘 업어 이놈아. 그냥 할머니 옆에서 보조만 해줘."

몇 번쯤 더 업어드리겠다고 말씀드려보았지만 할머니는

완강히 거부했다. 등을 보이고 할머니 앞에 앉자 등짝을 때리기까지 하셨다. 아무리 힘들어도 손자에게 폐를 끼치지 않겠다는 할머니 자신과의 약속을 지키고 싶으셨던 걸까.

결국 할머니를 부축하며 함께 계단을 올랐다. 얼마 오르지 않았는데 옆에 붙어 있는 할머니의 몸에서 땀이 흐르는 게 느껴졌다. 이제까지의 여행 중 최대 복병이다. 내가 왜 엘리베이터 유무를 확인하지 않았을까.

나중에 여쭤보니 할머니는 계단을 보자마자 하늘이 무너져 내린 것 같은 기분이 들었다고 했다. 2층까지 가는 계단이 어찌나 높아 보였는지 모른다고. 영영 닿을 수 없는 곳처럼 느껴졌고, 무엇보다 이 계단을 오르는 데 힘들어하는 자신을 원망했다고.

누룽지

다행히 방은 넓고 깨끗했다. 화장실에 가서 물을 틀어보니 수압도 좋다. 밖에서 오래 기다린 것과 계단만 빼면 대만족이다. 마음 졸이고 신경을 써서 그런지 머리부터 발끝까지 피로가 가득 차 있는 것만 같다. 나도 이런데 할머니는 오죽하실까. 할머니는 마치 자석에 끌려가는 쇠붙이처럼 침대에 누우셨다. 나는 몸에서 나는 열기를 식히기 위해 에어컨 온도를 끝까지 낮추고, 바람이 침대를 향하게 선풍기를 돌린 뒤 제일 세게 틀었다. 그리고 찬바람이 조금도 새어 나가지 않도록 방문을 닫았다.

어느 순간 잠이 들었나 보다. 정신을 차려보니 어느덧 2시.

점심 먹을 때를 놓쳤는데도 그리 허기지지는 않았다.

"할머니, 점심은 어떻게 하실래요?"

"힘들어서 그런지 입맛이 없네. 배고프면 혼자 먹어. 할머니는 힘이 없어서 그냥 누워서 쉴란다."

할머니는 다시 몸을 침대에 축 늘어뜨렸다. 혼자 뭘 먹지. 일단 숙소 근처 마트로 향했다. 마트에 들어서자마자 할머니가 좋아하는 수박이 시선을 사로잡았다. 더위로 잃어버린 기운을 찾는 데 도움이 되지 않을까 싶어 배구공만큼 큼지막한 수박 하나를 바구니에 담았다. 아직 더운 기운이 가시지 않아서 그런지 이 외에는 여전히 입맛을 당기는 음식이 없었다.

결국 한 손에 수박만 든 채 밖으로 나오는데, 캐리어에 챙겨 온 누룽지가 생각났다. 그래, 오늘 점심은 누룽지를 먹어야겠다. 짐을 쌀 때만 해도 그토록 안 먹는다고 호언장담했는데, 누룽지를 생각하니 없던 입맛이 도는 것 같았다. 뜨끈한 누룽지에 한국에서 챙겨 온 몇 가지 반찬을 곁들이면 한 끼로 충분할 것 같았다.

숙소에 도착하자마자 냉장고에 수박을 넣어두고 냄비에 물을 올렸다.

"홍규야, 뭐 먹으려고 물 끓인대?"

"예 할머니, 저도 입맛이 없어서 그냥 누룽지 끓여 먹으려고요."

"안 먹는다더니. 할머니가 잘 가져왔지? 그치?"

"……."

"그럼 할머니 것도 같이 끓여줘. 할머니도 김치랑 푹 퍼진 누룽지 한 그릇 먹고 싶네."

"네! 할머니."

캐리어를 열어 누룽지를 꺼냈다. 검은색 큰 비닐봉지와 지퍼백으로 이중 포장한 누룽지. 다시 봐도 역시 양이 많았다. 하지만 먹기로 결심한 주제에 불평할 자격은 없었다.

물이 끓는 냄비에 얼굴만 한 누룽지를 먹기 좋게 적당히 부수어 넣었다. 그때 부스럭 소리가 나 뒤를 돌아보니, 어느새 침대에서 일어난 할머니가 부엌으로 나오고 계셨다. 할머니는 익숙하게 가스레인지 앞으로 오시더니 내가 들고 있던 국자를 잡았다.

"누룽지는 할머니가 끓여야 맛있지. 이거 가지고는 물이 모자라. 누룽지 끓일 때는 물을 한 바가지는 넣어야 혀. 반찬이랑 숟가락, 젓가락만 놔줘. 할머니가 맛있게 끓여줄게."

물을 콸콸 더 부어넣고 얼마 지나지 않아 냄비 속의 누룽지는 뽀얀 거품을 내며 펄펄 끓어올랐다. 시간이 지나자 냄비에 한가득하던 물은 거의 다 졸아서 자작해지고, 돌처럼 딱딱했던 누룽지는 어느새 푹 퍼져 죽처럼 변했다.

"이거는 우리 손자 거. 가져가. 이거는 할미 거."

"할머니 누룽지가 너무 적은 것 같은데요. 저 괜찮아요. 할머니도 많이 드세요."

"할머니는 입맛이 없어서 이 정도만 먹어도 괜찮아."

뜨거운 누룽지 두 그릇과 한국에서 가져온 조그마한 김치 한 캔, 멸치볶음으로 소박한 상차림이 완성되었다.

"잘 먹겠습니다."

뜨거운 누룽지를 후후 불어 입에 넣자 온몸에 따뜻한 기운이 돌았다. 입맛이 없다던 할머니도 뜨거운 누룽지를 크게 한 술 뜨고 김치까지 올려 먹었다. 그러고는 웃으며 말씀하셨다.

"할머니는 시골에서 혼자 밥을 먹으니까 입맛이 없는 경우가 많거든. 그러면 가끔 누룽지 끓여 먹었어. 그때는 영별로였는데, 여기서 손자랑 같이 먹으니까 왜 이렇게 맛있대? 후후. 할머니가 잘 챙겨 왔지? 그렇게 뭐라 하더만 아주 잘 먹네 우리 똥강아지."

할머니 말이 옳았다. 나는 끊임없이 누룽지를 퍼 먹고 있었고, 김치와 멸치볶음은 어느새 바닥을 다 드러냈다.

"아이고 잘 먹었다. 우리 스위스 가서도 누룽지 또 먹자, 응?"

챙길 때만 해도 무겁다고, 짐만 될 거라고 그토록 반대했던 누룽지와 한국 음식들. 그랬던 내가 그 음식들이 주는 행복을 한껏 누리고 있었다. 여행 내내 나는 아무 불평 하지 않았던 것처럼 누룽지와 반찬들을 실컷 먹었다. 나도 어쩔 수 없는 한국 사람인가 보다.

할머니 말을 들으면 어디 가서 굶어 죽지는 않겠다는 생각이 드는 하루다.

할아버지가 돌봐주신다

어제부터 햇볕이 강한 시간에는 나가지 않기로 했기 때문에 오후는 한가로웠다. 할머니는 아직 시차에 적응하지 못하고 계속 새벽 3시에서 4시 사이에 깼고, 그나마 오후에 낮잠으로 부족한 잠을 보충하셨다. 말은 낮잠이라고 하지만, 숨을 색색 쉴 정도로 깊이 주무셨다.

할머니는 5시가 조금 넘어갈 때쯤 일어나셨다. 잘 주무셔서 그런지, 오랜만에 한국 음식을 드셔서 그런지는 몰라도 컨디션이 좋아졌는지 먼저 나가자고 하신다.

"언제 나갈까? 여기 도시는 구경할 게 뭐 있어?"

"할머니, 근처에 전망대 있다는데 오늘은 거기만 다녀올까요?"

"그래? 그럼 당연히 다녀와야지. 오늘은 조금만 보고, 내일 새벽에 시원할 때 더 구경하자."

그렇게 우리는 숙소에서 10분 거리에 있는 산피에트로 성당 전망대에 다녀오기로 했다. 할머니는 얼른 나가서 구경하고 싶은지 내가 옷도 다 입기 전에 벌써 선글라스와 목걸이까지 하고 문 앞에 서 계셨다.

"할머니 먼저 나가 있을게. 얼른 준비 마치고 나오거라."

"예, 할머니. 열쇠만 찾고 나갈게요."

그때, 갑자기 문밖에서 할머니 비명이 들렸다.

"할머니 무슨 일이에요?"

열쇠를 찾다 말고 황급히 문밖으로 달려 나가니, 할머니가 허리를 숙인 채 가슴을 부여잡고 있었다.

"아이고 할머니가 혼자 내려가려다가 앞으로 꼬꾸라져서, 여기 계단 난간에 가슴을 박았어."

"할머니 괜찮아요? 그러니까 왜 혼자 내려가려고 그래요. 조심하셔야지."

"아이고, 그래도 돌아가신 너희 할아버지가 살려줬나 보다. 십년감수했어. 여행 와서 계단에서 굴러떨어졌으면 어쩔 뻔했어."

"진짜 큰일 날 뻔했어요. 다음에는 절대 혼자 먼저 내려 가지 마요!"

"알겠어……."

여행 오기 전 타지에서 할머니가 다치기라도 하면 어떻 게 해야 할지 걱정했기 때문이었을까. 불안이 다소 거친 말 로 터져 나왔고, 일순간 우리 사이는 어색해져버렸다. 할머 니는 말없이 한 손으로는 난간을, 다른 한 손으로는 내 손 을 꽉 잡았다. 할머니의 손은 심하게 떨리고 있었다. 할머니 는 계단 하나하나를 내려올 때마다 다리에 힘을 잔뜩 주어 가며 겨우 1층에 도착했다.

우리는 산피에트로 전망대를 향해 한동안 말없이 길을 걸었다. 침묵을 깬 사람은 할머니였다.

"홍규야 미안, 많이 놀랐지?"

"할머니 죄송해요. 할머니가 여행 중에 다치기라도 하실 까 봐 너무 걱정돼서 제가 감정이 격해졌나 봐요."

"할머니도 조심했어야 하는데, 우리 손자 걱정하게 해서 미안해. 그래도 안 떨어져서 천만다행이지 뭐야. 너희 돌아 가신 할아버지가 하늘에서 도와줬나 봐."

"에이, 할머니 그런 거 다 미신이에요 미신."

"떽! 그런 말 하면 못써. 조상님이 항상 우리를 돌봐주고 계시니까 할머니가 크게 다치지 않은 거야. 또 할머니가 열심히 기도하니까 조상님들이 들어주셔서 너 취업도 잘된 거지."

더 이상 말을 이어나갈 수 없었다. 할머니가 살아오면서 내내 믿어왔던 것을 갑자기 믿지 말라고 할 수도 없고, 혹시 모르지 않는가, 진짜 돌아가신 할아버지가 돌봐주어서 할머니가 크게 다치지 않은 걸 수도. 전망대로 가는 길 내내 할머니는 "감사합니다. 아이고, 여보 감사합니다"라는 말을 반복했고, 나는 옆에서 가만히 들었다.

할머니가 미신을 믿는 것은 역시 옛날 분이기 때문일까, 아니면 그만큼 할아버지를 많이 그리워하기 때문일까. 하늘에서도 할아버지가 계속 자신을 살피고 있다고 생각하는 할머니는 여행 내내 할아버지가 자기를 보살펴준다고 했다. 평소에는 무릎이 그렇게 아파서 걷지도 못했는데 여행 오니까 통증이 귀신처럼 사라졌다며, 다 할아버지 덕분이라는 것이다.

할머니는 출발하기 전 일주일 동안 하루는 한의원에 가서 침을 맞고, 하루는 병원에 가서 주사 맞기를 반복했다고 했다. 내 생각에 할머니 무릎이 아프지 않은 건 그 때문인 것 같은데, 할머니는 주사랑 침은 완전히 잊어버린 듯 줄곧 할아버지 덕분이라고만 하신다.

믿음이란 이런 걸까? 그래도 뭐 어떠랴. 할머니가 크게 안 다치고, 안 아프면 다행이지. 이왕이면 아예 무릎 통증이 사라졌으면 좋겠다.

할머니의 복 나가 3종 세트.

- 다리 떨지 마라. 복 나간다.
- 문지방 밟지 마. 복 나간다.
- 밥 먹을 때 깨작거리면 못써. 복 나간다.

미신을 믿지 않는데도 할머니의 하지 말라는 말에 나도 모르는 사이에 바뀐 행동들이 많다.

같이 사진 찍고 싶은데

할머니와 여행하면서 '내가 ~한 사람이라면 좋았을 텐데' 생각할 때가 있었다. 좀 더 섬세한 사람이라면, 참을성 있는 사람이라면, 임기응변에 강한 사람이라면 좋았을 텐데. 하나가 더 있다. 바로 카메라 앞에서도 당당한 사람이라면 좋을 텐데, 라는 생각.

　나는 카메라 앞에만 서면 눈코입이 따로 노는 것 같다. 특히 셀카 찍는 것은 너무 어렵다. 핸드폰 화면에 뜨는 내 모습을 보고 고개를 이리저리 돌리고 표정을 바꿔가며 셔터 버튼을 누르기까지의 시간이 마치 억겁 같고, 손가락 발가락이 오그라들 것 같은 부끄러움이 밀려든다. 특히 웃는 표정 짓기가 어찌나 힘든지 입꼬리 떨리는 일이 부지기수다.

또 그렇게 찍은 사진은 어찌나 부자연스러운지 내가 보기에도 민망할 정도다. 그렇다. 나는 카메라 울렁증을 앓고 있다. 그런 이유로 이번 여행에서도 내 카메라는 항상 내가 아닌 할머니만을 향했다.

어찌 보면 할머니도 여행하면서 꽤나 심심했을 것이다. 약간은 무뚝뚝한 손자 녀석과 함께했기에. "할머니, 우리 같이 사진 찍어요!" 하며 할머니 옆에 착 달라붙는 좀 더 살가운 성격이었다면 할머니가 더 기쁘게 여행할 수 있지 않았을까?

산피에트로 전망대에 올라가는 방법은 두 가지였다. 계단으로 올라가는 것과, 한 사람당 3유로씩 내고 케이블카를 이용하는 것. 당연히 우리는 케이블카를 타기로 했다.

매표소 직원에게 두 명이라고 말하니, 직원이 뒤에 계신 할머니를 보고 연세를 묻는다. 올해 70세라고 하니 65세 이상은 무료란다.

"할머니는 65세 이상이라서 공짜래요."

"어이구 돈 벌었네. 여기 사람들 눈에도 할머니가 좀 나이 들어 보이나 보다, 그치? 나이는 속일 수가 없어."

동안을 자칭하는 할머니는 못내 세월을 속일 수는 없구

나, 하며 약간 서운한 표정을 지었다.

산피에트로 전망대에 오르니 그림 같은 베로나의 풍경이 한눈에 펼쳐졌다.

"아이고 여기 나무 좀 봐라 홍규야. 엄청 크다."

"할머니 사진 찍어드릴게요. 한번 서보세요."

"손자, 같이 찍자."

"에이 전 괜찮아요. 할머니 먼저 찍어드릴게요."

한참 베로나 시내와 나무들을 배경으로 할머니 사진을 찍고 있는데, 할머니가 다가와 말했다.

"할머니는 손자랑 같이 사진 찍고 싶은데, 저기 옆에 있는 사람들한테 찍어달라고 하면 안 될까?"

할머니가 가리키는 곳에는 20대 후반으로 보이는 남자 두 명이 의자에 앉아 이야기를 나누고 있었다.

"아…… 그럴까요? 잠시만요. 물어보고 올게요."

"좋아. 여기를 배경으로 찍어달라 하면 되겠다."

할머니는 배경으로 하고 싶은 곳 난간에 먼저 가서 자리를 잡고 앉았다.

"여기! 할머니 옆으로 와."

사진을 찍어달라고 부탁하고, 할머니 옆에 나란히 앉았

베로나의 전망보다 큰 나무들을 좋아하셨던 할머니.

다. 내가 옆에 앉자마자 꼭 붙어 팔짱을 끼는 할머니.

"그래. 이렇게 같이 찍어야 좋지. 할머니는 혼자 찍는 것 보다 이렇게 같이 찍는 것이 좋아."

하나, 둘, 셋, 찰칵.

할머니를 위해 이번 여행의 기록을 남기고 싶었다. 기록을 남기는 방법에는 여러 가지가 있겠지만 그중에서도 특히 사진으로 남기고 싶었다. 남기기도 쉽고, 무엇보다 할머니가 한국에 돌아가서 이번 여행을 돌이켜보실 때 꺼내 보기 가장 편할 것 같았다. 여행이 끝나고 할머니가 노치마을로 혼자 돌아가더라도 저녁에 자기 전 여행 때 찍은 사진들을 보며 '그래도 내가 더 늙기 전에 유럽여행을 다녀왔구나' 하며 이번 여행을 추억하셨으면 싶었다.

그래서 이탈리아에 도착했을 때부터 열심히 사진을 찍었다. 그럴 때마다 할머니는 "같이 찍자. 할머니가 찍어줄까? 손자도 사진 찍어야지" 하셨고, 나는 "할머니 전 괜찮아요. 할머니 사진 찍어드릴게요" 답하곤 했다.

오늘에서야 할머니 마음을 알게 되었다. 왜 할머니가 그동안 사진 찍을 때마다 같이 찍자고 하셨는지. 할머니는 예

베로나를 배경으로 할머니와.

쁘고 좋은 배경인 만큼 우리가 그 안에 함께 있는 모습을 남기고 싶어 하셨던 것이다.

이탈리아에 도착하고 나서 많은 사진을 찍었어도 바뀌지 않던 할머니의 프로필 사진이 오늘 저녁에서야 바뀌었다. 베로나를 배경으로 둘이 같이 찍은 사진으로. 상태 메시지에는 "이탈리아 여행 우리 손자랑 함께"라고 써두셨다.

이날 이후로도 할머니는 나랑 같이 찍은 사진들만 프로필 사진으로 올렸다. 마치 "나 손자랑 여행 왔어요" 남들에게 자랑이라도 하고 싶은 것처럼. 여행 다녀온 지 2년이 지난 지금까지도 할머니의 프로필 사진은 스위스에서 같이 찍은 사진이다. 이럴 줄 알았으면 이탈리아에서부터 같이 사진을 많이 찍을걸, 하는 아쉬움도 든다.

다음 여행 때는 할머니랑 더 예쁜 사진을 남기기 위해 꼭 삼각대를 챙겨 가야겠다.

내 사진이 그나마 자연스럽게 나올 때는 술에 얼큰하게 취했을 때인데,

자연스러운 표정을 위해 낮술을 하게 될지도 모르겠다.

할머니의 등짝 스매시는 어느 정도 감수해야겠지.

그냥 가지 뭐

베로나에서의 두 번째 아침이 밝았다. 침대에 누워 천장을 바라보다 여행 전에 세웠던 계획들과 이탈리아에 도착한 다음 우리가 한 여행을 곱씹어봤다. 솔직히 이번 여행은 내가 생각한 것과 상당히 거리가 있었다.

'내가 그려왔던 여행은 이게 아닌데.'

내가 생각한 여행.

여행의 설렘 때문인지 아침에 평소보다 가볍게 눈이 떠진다. 호텔 조식이나 직접 챙겨 온 음식을 든든히 먹고 여유롭게 나갈 채비를 마친다. 계획해둔 오전 관광지까지 부

지런히 걸어간다. 멀다 싶으면 버스를 타도 좋지만, 걷는 것
또한 그 나라를 느끼는 방법의 하나고, 차비도 아낄 수 있
으니 웬만하면 걸어가기로 한다. 오전 관광을 마치면 점심
은 근처에서 가볍게 빵이나 샌드위치로 때운다. 길거리에서
파는 주전부리를 사 먹는 것도 좋다.

그 후에는 소화시킬 겸 카페 테라스에 앉아 커피를 한 잔
시키고 바람 쐬고, 햇볕도 쬐며 이야기를 나눈다. 그냥 길거
리 벤치에 앉아도 좋다. 어느 정도 소화가 다 되면 계획해둔
대로 이동하여 오후 관광을 마친다. 오후에도 꽤 걸었더니
배가 고파진다. 점심값을 아꼈으니 저녁엔 현지 유명 식당
에 가서 식사를 한다.

유럽여행에서 하루의 마무리는 역시 와인이다. 와인 한
병과 치즈, 과일 들을 사서 숙소로 돌아온다. 시원한 물로
샤워하며 오늘 하루 흘린 땀을 씻어낸다. 간단한 안주를 곁
들여 와인을 마시며 오늘 여행에 대해 이야기를 나눈다. 그
렇게 하루를 마무리한다.

하지만 계획은 역시 계획일 뿐이다. 여행 첫날부터 시작하
여 우리가 보내온 시간들을 돌아보았다. 날씨가 더웠고, 다
리가 아팠고, 피곤했다. 열 가지 계획을 세워두었다면 실제
로 한 것은 절반도 안 되었고, 따져보면 관광보다는 숙소에

있는 시간이 훨씬 많았다. 비싼 돈 내고 여행 왔으니 이것저것 다 해봐야 할 것 같은데, 내심 불안해진다.

'뭐지, 이 여행. 제대로 흘러가고 있는 거 맞나? 그래. 오늘부터라도 계획대로 해보자.'

"자, 밥도 먹었으니 슬슬 나갈까? 일찍 다녀야 햇볕이 없어서 덥지 않고 좋더라고."

"예, 할머니. 그럴까요? 오늘은 아침부터 갈 곳이 꽤 많아요."

7시밖에 안 되어서인지 거리에는 사람 하나 없었다. 우리는 5분 정도 걸어 긴 푯말이 세워진 정류장에 도착했고, 그로부터 5분도 지나지 않아 베로나 도심으로 가는 노란 버스가 도착했다. 백발의 기사님은 반갑게 인사를 하고, 할머니가 자리에 앉을 때까지 충분히 기다려주신다. 덕분에 편하게 자리에 앉은 할머니는 창문을 열고 볼을 가까이 가져다 댄다. 얼굴에 스치는 바람을 즐기시는 모습이 꼭 어린아이 같다.

버스는 돌이 박혀 있는 울퉁불퉁한 길을 잘도 달렸다. 출근 시간이 다가오는지 처음에는 한산했던 버스에 한 명, 두 명씩 오르기 시작하더니 어느새 사람이 꽉 찼다. 시루 속

콩나물들처럼 다닥다닥 붙어 있던 사람들은 얼마 지나지 않아 학교처럼 보이는 건물 앞에서 우르르 내렸다. 다시 한산해진 버스는 10여 분간 달려 오페라극장 앞에 멈춰 섰다. 우리는 버스에서 내려 거대한 오페라극장을 정면으로 마주했다. 그리고 압도된 나머지 동시에 소리를 질렀다.

"와!"

"아이고 참말로 크다. 여기는 뭔데 이렇게 문 같은 게 뻥 뚫려 있다니?"

"할머니 여기가 오페라극장이래요. 어제저녁에는 공연도 했다더라고요."

표를 구매하기 위해 매표소로 갔다. 그런데 아뿔싸, 매표소가 굳게 닫혀 있다. 우리가 너무 이른 시간에 도착한 것이다. 확인해보니 극장 안을 구경하려면 1시간 넘게 기다려야 한다. 계획에 없던 일이라 순간 난감해졌다.

"할머니, 아직 시간이 일러서 들어가려면 1시간 정도 기다려야 한대요. 조금만 앉아서 기다릴까요?"

"그래? 에이 그럼 그냥 가자. 이렇게 밖에서 보면 됐지 뭐. 잘 봤다."

나와 달리 관광지에 큰 미련 없이 시원시원하게 이동하는

오페라극장 앞에서. 할머니가 찍어준 나, 내가 찍은 할머니.

할머니. 할머니는 가만히 있기를 싫어했다. 가만히 있는 건 게으른 사람이나 하는 일, 쉬어도 차라리 아예 숙소에 가서 쉬는 게 낫다는 것이다. 가만히 앉아 있으면 허리가 아프다는 이유도 한몫했다.

"뭐 해? 퍼뜩 안 오고. 다리 아파."

어떻게 온 베로나인데. 언제 또 올 수 있을지 모르는데, 이것저것 다 보고 가야 하지 않나? 아쉬움에 쉽사리 발걸음이 떨어지지 않았다. 내 얼굴에 서운한 표정이 드러났는지, 한발 앞서 나아가던 할머니가 내게 다가와 말했다.

"꼭 다 봐야 할 필요가 있니? 같이 있는 것이 여행이지."

순간 머리를 망치로 한 대 맞은 기분이 들었다. 할머니에게 관광은 그저 여행의 한 부분에 지나지 않았다. 우리가 함께 보내는 모든 시간이 여행이었던 것이다.

"할머니 로미오와 줄리엣 알아요?"

"그럼. 책으로도 읽고, TV에서 틀어줘서 영화로도 봤지. 아름답고 슬픈 사랑 이야기잖아."

다음 관광 장소인 줄리엣의 집으로 걸어가는 길. 대부분의 상점과 카페가 아직 굳게 닫혀 있었고, 몇몇 카페들만이 그제야 아침 장사를 준비하며 가게 안에 있던 테이블과 의자를 밖으로 내놓고 있었다. 설마, 줄리엣의 집도 닫혀 있는 거 아니야? 가는 길 내내 불안감이 커져갔다.

아 오늘 아침 관광은 빵점이다. 10분 정도 걸어 줄리엣의 집에 도착했는데, 굳게 닫힌 철문이 우리를 기다리고 있었다. 인터넷에 검색해보니 8시 반에 문을 연다 하여 마찬가지로 1시간 정도 기다려야 했다. 이곳 말고 다른 관광지도 마찬가지였다. 여행 전에 세워둔 계획은 전부 무용지물이 되어버렸다.

"할머니 죄송해요. 제가 확인을 못 해서 여기도 좀 기다려야 한대요. 근처 카페에 앉아서 기다렸다가 들어갈까요?"

"에이 밖에서라도 봤으면 됐지 뭐. 볼 거 다 봤으면 그냥 숙소 들어가서 쉬다가 기차 타러 가자."

여행하는 날이 지나갈수록 물감이 도화지에 스며들듯 나는 자연스레 할머니식 여행 스타일에 익숙해져갔다. 지금 돌아보니 이제까지 내가 해왔던 여행은 여행이 아니라 훈련, 강행군이나 다름없었다는 생각이 든다. 욕심이 커서 스케줄 표에 오늘 들러야 하는 관광지부터 점심, 저녁에 갈 식당까지 시간 단위로 빼곡히 적었고, 이 도시를 하루 만에 완파해버리겠다는 마음으로 아침 일찍 나가 밤이 깊어서야

돌아오고는 했다. 당연히 몸은 녹초가 되었고, 입에 물집이
잡히기도 했다.

할머니와의 여행은 나의 여행 스타일을 많이 바꾸는 계
기가 되었다. 어떤 날은 계획이 있어도 하루의 반이 넘도록
호텔 방에 누워 있기도 하고, 계획해두었던 관광지는 다 보
지 못하고 돌아오거나 숙소 밖을 나간 지 몇 시간도 지나지
않아 돌아오는 일이 다반사였다. 가고 싶은 식당들도 많이
적어두었지만 다음 언젠가를 기약하고, 숙소로 돌아와 한
국에서 가져온 음식을 먹는 날이 더 많았다.

우리 여행은 계획과 다르게 흘러갔지만 유난히도 기억에
남는다. 그동안의 여행은 집으로 돌아올 때 성취감이 들었
다면, 이번 여행은 여행이 끝날 때가 가까워올수록 더 머물
고 싶다는 아쉬움이 남았다.

우리의 여행은 완벽하지 않았기에 아쉬움이 남았다.

아쉬움이 남았기에 다음을 기약할 수 있다.

다음을 기약할 수 있기에 그날을 상상하며 행복할 수 있
다.

밀라노 한인마트에서,
할머니 날다!

어우, 이 돈이면…….

하지만 할머니를 막을 수는 없었다.

할머니 앞에서 누룽지와 한국 반찬들을 게 눈 감추듯 맛있게 먹었던 전적이 있기에.

"여기는 숙소가 기차역 바로 앞이에요."

"아이고 그래? 너무 좋다. 금방 도착하겠네."

베로나에서 밀라노까지는 기차를 타고 1시간 반. 밀라노에서 머물 숙소는 역에서 도보로 5분 거리였기에 이전 숙소들에 비해 훨씬 편하게 도착했다. 가는 길에 돌이 박혀 있어 울퉁불퉁한 구간도 있었지만, 할머니는 숙소가 가까워

침대에 누워 책을 읽는 할머니.

서 캐리어를 오래 끌지 않아도 된다며 좋아했다.

　이른 아침부터 걸어 다니느라 피곤해하실 줄 알았는데, 이제 어느 정도 시차 적응이 되었는지 할머니는 오후에 낮잠을 주무시지 않았다. 대신 그 시간에 침대에 누워 책을 읽으셨다. 베개를 뒤에 받친 채 책 읽는 모습이 무척 편해 보였다.

　"할머니, 이 근처에 한국 식품 파는 슈퍼가 있대요. 저희 내일 스위스 가니까 그전에 뭐 좀 사 오려고 하는데 같이 갈까요?"

　"여기서 한국 음식을 살 수 있다고? 그럼…… 혹시 콩나물도 구할 수 있으려나?"

　콩나물은 할머니가 제일 좋아하는 반찬. 여행 내내 콩나물이 잡숫고 싶으셨는지 물어보는 목소리가 한층 높아져 있었다. 할머니는 말을 마치자마자 나갈 준비를 시작했다.

　"아이고 더운 거, 얼마나 더 가야 해?"

　"할머니 저기예요. 다 왔어요."

　먼발치에 '대원식품'이라는 친근한 한국말 간판이 보였다. 드디어 다 왔구나.

"어서 오세요."

문을 열고 들어가자 친숙한 한국말 인사가 우리를 반겼다. 할머니는 오랜만에 들은 한국말 인사에 "엥?" 하며 눈을 크게 뜨셨다가 반가움에 함박웃음을 지으며 사장님에게 말을 건넸다.

"아이고, 한국 사람이시네? 어떻게 여기까지 와서 한국 음식을 파신대."

"네, 저는 어릴 때만 한국에서 살고, 이탈리아에 온 지는 40년이 넘었어요."

"덕분에 한국 음식 먹네. 고마워요."

한인마트는 성인 다섯 명이 들어가면 북적북적할 만큼 아담한 크기였지만 한국 슈퍼와 비교해도 손색이 없을 정도로 다양한 한국 식품을 팔고 있었다. 봉지 라면이 종류별로 구비되어 있었고, 각종 양념장들과 한국 술, 즉석 밥, 냉동 만두까지 정말 없는 것이 없었다. 더위에 풀렸던 할머니의 눈에 다시 힘이 바짝 들어갔다.

할머니는 아삭한 열무김치가 먹고 싶었나 보다. 제일 먼저 3킬로그램짜리 열무김치 한 봉지를 바구니에 담았다. 원래 직접 일군 배추와 고추로 만든 김치가 제일이라며 마트에서 파는 김치는 쳐다보지도 않으셨는데. 그다음으로는 단무지 팩을 바구니에 담았다. 30센티미터는 되어 보이는 노란 단무지 기둥이 네 개나 들어 있었다. 아무래도 한국으로 돌아갈 때까지 다 먹을 수 없을 것 같은데. 고민하다 단무지를 다시 꺼내 들고 할머니에게 물어봤다.

"할머니, 단무지 많아 보이는데 다 먹을 수 있을까요?"

"그럼. 이거 그냥 먹어도 밥반찬으로 좋고, 할머니가 가져온 고추장을 묻혀서 먹어도 아주 맛있어."

그렇게 단무지는 다시 바구니에 들어갔다. 할머니가 밥반찬으로 단무지를 좋아하는구나. 이렇게 할머니에 대해 또 하나 더 알았다. 새삼 내가 아직 할머니에 대해 모르는 부분이 많구나 실감했다. 아마 내가 할머니에 대해 아는 것은 극히 일부분에 불과하겠지. 한 사람을 알아간다는 건 정말 쉽지 않은 일인 것 같다. 그것도 꾸준히 같이 시간을 보내지 않거나 노력하지 않는다면 더 힘들겠지. 그래서 결코 길지 않은 시간이지만 여행을 통해 할머니에 대해 하나씩 알아가는 것이 더욱 소중하게 느껴진다.

단무지에 이어 할머니의 레이더망에 들어온 것은 칼국수 라면. 평소 라면은 소화가 안 된다며 입에도 대지 않으셨지만, 먼 타지에 나와 계시면서 시원한 국물이 당기셨나 보다.

할머니는 네 봉을 들고 망설이다가 과하다 생각했는지 두 봉만 바구니에 담았다.

할머니는 끝으로 빵은 먹어도 먹은 것 같지 않다며 즉석밥 여섯 개를 바구니에 쓸어 담더니, "이만하면 됐다" 하시며 계산대에 바구니를 내려놓았다. 그리고 조심스레 물었다.

"여기 혹시 콩나물도 파나요?"

"아, 여기서 한국에서 파는 콩나물을 구할 수는 없고, 옆에 큰 마트 가면 캔에 든 숙주나물은 구할 수 있어요."

"아…… 그럼 어쩔 수 없지요."

아쉬움이 묻어나는 할머니의 목소리. 콩나물이나 숙주나물이나 비슷한 것 같은데, 할머니가 먹고 싶은 건 오직 콩나물인가 보다.

"아이고 든든해라 든든해. 앞으로 한국 갈 때까지 먹을 것 걱정할 일은 없겠다."

한인마트를 나오는 할머니의 표정은 세상을 다 가진 것 같았다. 콩나물은 구하지 못했지만 할머니는 사 온 식품들을 보기만 해도 배가 부르다는 듯 뿌듯한 미소를 지었다. 싱글벙글 웃으며 바구니가 꽉 차도록 한국 식품을 담았던 할머니. 이것도 먹고 싶고, 저것도 먹고 싶은데 어떤 것을 고를까 고민하는 모습이 마치 슈퍼에서 무엇을 살지 고민하는 어린아이 같았다.

예상에 없던 큰 지출이었지만 그래도 어쩌랴. 할머니가 빵을 먹고 거리에서 갑자기 배앓이를 하시는 것보다는, 좋아하는 음식 든든히 먹고 즐겁게 여행하시는 게 더 좋다.

사막에서 만난 오아시스와 같았던 한인마트.

한식에 대한 갈증을 느끼던 할머니는 한인마트라는 오아시스에서 목을 축였다.

이날 산 열무김치는 스위스에 도착하고 이틀 만에 동이 나버렸고, 봉지 칼국수는 스위스의 설산에 다녀온 후 차가워진 몸을 따듯하게 데워주었다.

남길까 봐 걱정했던 30센티미터짜리 단무지 네 덩이는 여행 마지막 날까지 훌륭한 밥반찬이 되어주었다.

자식 자랑,
삶의 이유

큰 광장 정면, 파란 하늘 아래 서 있는 두오모 성당. 생각했던 것보다 훨씬 큰 크기에 한 번 놀라고, 건물 위 섬세하게 만들어진 조각상들을 보고 한 번 더 놀랐다.

"이 나라는 어쩜 이렇게 이것저것 다 크니? 이 나라랑 비교하면 한국은 정말 조그마하네."

"아이고, 저 높은 곳에 어떻게 조각을 저렇게 예쁘게 해놨을까."

하지만 밀라노의 날씨는 베네치아와 베로나에서보다 훨씬 뜨거웠기에 앉아만 있어도 온몸에 땀이 줄줄 흘렀다. 우리는 그늘진 곳으로 자리를 옮겨 가져온 손 선풍기 바람을 쐬었다.

"할머니, 저 괜찮아요. 할머니 선풍기 쓰세요."

"아냐, 할머니도 하나도 안 더워. 같이 번갈아 쓰자."

한동안 말없이 선풍기 바람을 쐬고 있는데 갑자기 한국말이 들리기 시작했다. 우리가 앉은 그늘가에 한국 사람들이 한두 명씩 자리를 잡고 앉기 시작한 것이다. 좀 더 있으니 우리 주위에 앉은 한국 사람들은 어느새 20명을 넘었고, 얼마 있지 않아 인솔자로 보이는 깃발 든 사람까지 나타났다. 그제야 그곳이 단체 관광객들의 집합 장소라는 것을 알게 되었다.

"홍규야, 단체로 여행 온 한국 사람들인가 보다 그치?"

"예, 할머니. 여기가 성당 구경 끝난 다음에 모이는 장소인가 봐요."

그러자 할머니는 자신과 비슷한 또래로 보이는 여섯 명의 무리에게 다가가 먼저 말을 걸었다.

"아이고 한국에서 오셨나 보네. 어디서 오셨어요?"

"예! 우리는 서울에서 왔어요."

무리 중 성격이 유쾌해 보이는 아저씨도 반가워했다.

"아이고 나는 남원에서 왔는디. 손자랑 단둘이서 10일 동안 유럽여행 왔어요. 내일이면 둘이 스위스로 가요."

손자랑 둘이 왔다는 대목에 힘주어 자랑스럽게 말하는

할머니. 할머니의 어깨는 왠지 한층 올라가 있었고, 목소리에도 힘이 들어가 있었다.

"손자랑 왔다니 두 분 다 대단하시네."

"호호 고마워요. 손자 덕분에 팔자에도 없는 좋은 여행 하고 있네요."

앞에서 자랑스럽다는 듯 말씀하시는 할머니 덕분에 내 어깨도 으쓱해졌다.

"두 분 다 여행 마무리 잘하세요. 저희는 이제 가볼게요."

"네. 저도 이제 손자랑 가봐야겠네요. 여행 잘하세요."

그날 "나는 손자랑 단둘이 왔어요"라고 힘주어 전한 말 안에는 할머니 '존재의 의미'가 담겨 있었다.

'난 가족들에게 잊히지 않았어요. 아직 우리 가족의 구성원이에요.'

'나는 손자가 챙겨줄 만큼 사랑받고 있어요.'

'나는 손자랑 단둘이도 여행 오는 할머니예요. 부럽지요?'

할머니는 자신의 존재가 잊히는 것을 가장 두려워하셨던 게 아닐까. 누군가에게 없어서는 안 될 존재, 가치 있는 존재가 되는 것이 할머니에게는 내일, 모레, 그리고 더 앞으로의 삶을 살아갈 동기가 되지 않았을까. 이제 와 새삼 그렇게 생각해본다.

할머니는 매년 11월 김장철만 되면 혼자 김치를 이삼백 포기는 담그셨다. 그 많은 김치를 자식들에게 각각 택배로 부쳤고, 김치가 도착하고 며칠 후면 전화를 걸어 "김치 잘 먹고 있니?" 물어보시고는 했다.

"엄마 김치가 제일 맛있어. 근데 엄마 힘드니까 김치 많이 담그시지 말아요. 요즘 김치 사 먹어도 돼요."

"그래도 김치는 엄마가 농약 없이 직접 키운 배추랑 고추로 담가야 건강하고 맛도 좋지. 엄마는 우리 자식들 맛있게 먹을 때가 제일 행복해."

자식들이 엄마 김치 맛있다고 말할 때가 가장 행복했다는 할머니. 김장 끝나면 몸살로 일주일을 고생하시고 "올해가 마지막이야" 하시고는 했는데. 매년 마지막이라던 김장은 다음 해에도, 그다음 해에도 계속되었다.

'우리 자식들. 그래도 엄마가 있어야 1년 내내 김치 걱정 안 하고 밥 맛있게 먹지.'

콧노래를 부르며 김장을 하셨을 할머니가 머릿속에 그려진다.

드렁큰 그랜마

할머니는 술을 절제했다. 아무래도 술을 많이 드셨던 할아버지를 보며 술에 질려버린 것 같다. 할아버지를 닮아서 그런지 큰삼촌, 작은삼촌도 술을 좋아했고, 술을 많이 마시고 코가 빨개져서 집으로 돌아오면 할머니는 어김없이 손바닥으로 등짝을 세게 갈겼다고 한다.

"미쳤어, 미쳤어, 아주 떡이 되도록 마시면 어떡해. 건강관리해야지."

그런데 이날, 그렇게 과음을 질색하던 할머니의 취한 모습을 봐버렸다. 삼촌들에게는 비밀로 해야겠다.

밀라노 대성당 앞에서 만난 한국인 관광객들이 시야에

서 사라진 지 10분이 지났다. 시계를 보니 어느덧 6시. 배에서 꼬르륵 소리가 났다.

"할머니, 오늘 저녁은 한식당에서 드시는 거 어떠세요?"

"한식당?"

"김치찌개랑 비빔밥 같은 한국 요리를 많이 판대요. 검색해보니까 이 근처에 유명한 곳이 있어요."

"아이고, 너무 좋지. 어서 가자. 배고프다."

한식을 먹으러 가자는 말에 격하게 좋아하시는 할머니. 우리는 자리에서 일어나 엉덩이에 묻은 먼지를 털고 식당을 향해 바삐 걸음을 옮겼다.

얼른 한식을 먹고 싶다는 생각에 발걸음이 더욱 빨라진 것일까. 앞서나가는 할머니를 따라 걷다 보니 나선 지 5분 만에 'Coreano Hana'라는 한식당에 도착했다. 식당에 들어서니 머리부터 발끝까지 깔끔하게 차려입은 사장님이 친근한 한국말로 인사를 건넸다.

"어서 오세요. 두 분이서 오셨나요?"

자리를 안내해주시는 분도 한국인. 마치 한국에 있는 듯한 기분이 들었다.

"아이고, 신기해라. 전부 다 한국 사람이네. 먼 곳까지 와서 참말로 고생이 많네."

종업원이 건네준 메뉴판을 열자 익숙한 음식들이 눈에 들어왔다. 돌솥비빔밥부터 육회비빔밥까지 비빔밥만 아홉 종류가 있었고, 제육덮밥, 오징어덮밥 등 다양한 종류의 덮밥, 김치전, 파전 같은 부침개, 떡볶이, 김밥까지. 김밥천국에 버금갈 만큼 메뉴가 다양했다. 곧바로 입안에 침이 고였다.

할머니는 하나만 고르기 힘든지 메뉴판을 앞뒤로 넘겨가며 오랫동안 들여다보셨다. 이것을 먹을까, 저것을 먹을까. 한참을 고민하던 할머니는 마침내 메뉴 하나를 손가락으로 콕 찍었다.

"음, 할머니는 김치찌개로 해야겠다. 외국에 있으니 얼큰하고 개운한 국물이 어찌나 먹고 싶던지."

"저는 그럼 닭볶음탕으로 할게요. 같이 나눠 먹어요. 할머니 맥주도 한잔하실래요?"

"음…… 할머니 원래 술 잘 안 마시는데. 더우니까 한잔하지 뭐."

종업원의 추천을 받아 이탈리아 맥주도 한 병 주문했다.

주문하자마자 기본 반찬과 함께 맥주가 먼저 나왔다. 기대 이상의 반찬에 나도 할머니도 조금 놀란 표정을 지었다. 계란말이, 콩자반, 김치, 백김치, 마늘종, 호박볶음, 부침개까지 나온 것이다.

상차림을 마친 종업원은 시원한 맥주를 두 잔에 나누어 따라주었다. 본 메뉴는 아직 나오지 않았지만, 상에 차려진 반찬을 보고만 있을 수가 없었다. 할머니랑 나는 약속이라도 한 듯 젓가락을 들고 반찬을 맛보기 시작했다.

'반찬이 할머니의 까다로운 입맛에 맞지 않으면 어쩌지?' 걱정했는데, 불필요한 일이었다. "홍규야, 김치 맛있다. 좀 먹어봐" "계란말이도 맛있네. 이것도 한번 먹어봐" 입맛에 맞는지 할머니는 한참 젓가락을 내려놓지 않으셨다. 특히 호박무침이 맛있었는지, 몇 젓가락 만에 다 비우고는 종업원에게 조금만 더 달라고 부탁했다.

"할머니 건배할까요?"

"아이고! 좋지~!"

꿀꺽꿀꺽. 할머니 잔이 금세 절반 가까이 비었다. 원래 술을 잘 마시지 않는다는 말이 무색할 만큼 할머니는 "캬" 소리까지 내며 맥주를 정말 맛있게 마셨다. 그동안의 고생을 보상받는 느낌이랄까. 더위에 시달리다 시원한 맥주를 마시니 정말 천국이 따로 없다.

행복에 한껏 취해 있을 때, 주문한 김치찌개와 닭볶음탕

사진 찍기도 전에 크게 한 모금.

이 나왔다. 돌솥에 나온 김치찌개는 2인분이라 해도 믿을 만큼 양이 많았다. 그토록 그리워했던 빨간 국물과 김치, 네모반듯하게 썰어 넣은 두부, 숭덩숭덩 잘라 넣은 돼지고기까지. 보글보글 끓는 김치찌개는 보기만 해도 침이 흐를 정도였다.

김치찌개를 한 술 떠 입에 넣은 할머니는 개운하다는 듯 눈을 크게 깜빡여 보였다.

"할머니가 조미료 들어간 음식은 느끼해서 딱 아는데, 여기 음식은 조미료도 안 쓰고 깔끔한 게 아주 맛있네."

다음은 닭볶음탕. 간장에 자작이 졸인 닭고기는 부드러웠고, 잘 익은 감자는 포슬포슬했다. 그렇게 정신없이 먹다가 할머니 맥주잔을 보았는데 벌써 비어 있다. 아직 내 맥주는 절반 넘게 남았는데, 언제 다 드신 거지.

"할머니, 맥주 조금 더 드릴까요?"

"음 그럴까? 손자 안 마실 거면 할머니 조금만 덜어줘."

갈증이 심하셨던 걸까. 할머니는 덜어드린 맥주를 한 모금에 비워버렸다.

할머니도 나도 오랜만에 만난 한식에 눈이 돌아가 폭주한 것 같다. 정신차려보니 그 많던 김치찌개와 닭볶음탕이

바닥을 드러내고 있었고, 가득 차 있던 맥주잔도 텅텅 비었다.

계산하는 동안 할머니는 취기가 돌아 기분이 좋아졌는지 방긋 웃으며 사장님께 말을 건넸다.

"아이고! 너무 잘 먹었어요. 조미료도 안 썼는지, 음식이 느끼하지도 않고 개운하니 너무 맛있게 잘 먹었네."

"잘 드셨다니 다행이네요. 할머니랑 손자 두 분이서 여행하시는 거 보기 참 좋아요. 남은 여행도 즐겁게 보내세요."

더위 때문에 술기운이 올라온 것일까. 할머니는 밖으로 나오자마자 발그레한 얼굴로 기분 좋게 웃었다.

"아이고, 아이고 다리야."

"할머니 취하셨어요?"

"에이! 할머니가 뭘 취해. 할머니 하나도 안 취했어 이놈아."

"할머니 얼굴 빨간데요?"

"그래? 허허. 할머니 하나도 안 취했는데."

비틀비틀 걸어가며 조금씩 내 쪽으로 몸을 기대오는 할머니. 처음에는 취하지 않았다고 하셨는데, 버스 정류장으로 걸어가면서는 조금 취한 것 같다고 인정했다. 할머니는 트램에 올라 자리에 앉자마자, 술이 어서 깨기를 바라는 듯 창문을 열고 바람을 쐬셨다. 그리고 얼마 지나지 않아 꾸벅꾸벅 내 어깨 쪽으로 얼굴을 기대고 잠이 들었다.

누구나 동감할 것이다. 엄청난 더위와 습한 날씨 속에 지쳐갈 무렵 마시는 맥주 한 잔은 말이 필요 없을 만큼 맛있다는 것을. 그렇지만 빈속에 너무 빨리 마셔서일까, 식당을 나올 때 할머니는 기분 좋게 취해 있었다. 지금까지도 취한 할머니를 생각하면 웃음이 난다.

여름날 할머니와 같이 맥주를 마신다면
이날처럼 맛있는 맥주를 맛볼 수 있을까.
요새는 한국의 여름도 무척 덥다지만,
밀라노 한식당에서 마셨던 맥주 맛은 못 따라갈 것 같다.

4장.

할머니가 꿈꾸던 스위스,
그리고 다시 한국
-스위스의 그린델발트, 루체른

그린델발트 가는 길

드디어 스위스에 간다는 설렘 때문일까. 모처럼 늦잠을 자려고 9시에 알람을 맞춰놓았는데 눈이 1시간이나 일찍 떠졌다. 할머니는 아직 침대에서 곤히 주무시고 있다. 혹시나 할머니가 깨실까 싶어 소리 나지 않게 세면도구를 챙겨 화장실로 갔다. 다 씻고 나오니, 할머니는 물소리에 깼는지 침대에 누워 책을 보고 있다.

"할머니 오늘은 푹 주무셨어요?"

"응. 어제 맥주를 한잔 마셔서 그런지 아주 푹 잤네. 허허."

11시 기차였기에 아직 2시간 정도 여유가 있었고, 숙소에서 기차역까지는 걸어서 5분 거리밖에 되지 않았기에 모처럼 여유롭게 아침을 보냈다. 조식을 먹고 침대에 누워 핸드폰으로 사진이랑 동영상을 보던 할머니가 갑작스레 말을 걸었다.

"할머니 스위스 정말 가고 싶었는데 드디어 가네. TV에서 보니까 할머니가 좋아하는 야생화들이 지천에 있더라구."

"예 할머니. 할머니 원래 스위스 가고 싶어 하셨잖아요. 원래 스위스만 여행하는 거였는데 이탈리아에서 고생을 많이 하셔서 어떡해요."

"아이고 아냐. 그래도 이탈리아 아주 잘 봤어. 그 물 많은 도시도 보고, 어제 그 큰 성당도 보고, 아주 진귀한 경험 했어."

여행이 절반 지난 지금, 할머니는 이제까지의 여행을 어떻게 생각하고 있을까. 먼 나라까지 와서 땡볕 아래를 걷는 게 일상이었고, 계획대로 되지 않는 일이 많아서 고생하셨다. '내가 이 나이에 여기까지 와서 뭔 고생이람. 괜히 왔나' 생각하실 법도 하건만, 내가 예상치 못한 상황을 만나 몸 둘 바를 모르고 있으면 "괜찮아. 그럴 수 있지"라며 위로해주던 할머니. 어떻게 보면 할머니 덕분에 지금까지의 여행을 버틸 수 있었던 것 같다.

스위스로 떠나는 기차. 많은 사람들이 짐을 싣고 자리를 찾느라 어수선했지만, 기차는 아랑곳하지 않고 정시에 출발했다. 스위스 여행 첫 번째 행선지인 그린델발트로 가기 위해서는 기차를 꽤 갈아타야 한다. 먼저 밀라노에서 슈피츠로 가는 기차를 타고, 슈피츠에서 내려 인터라켄으로 가는 기차로 갈아탄다. 끝으로 인터라켄에서 최종 종착지인 그린델발트로 가는 산악기차를 타야 한다. 기차를 두 번이나 갈아타야 하는 긴 여정. 더군다나 중간에 기차가 지연되거나 못 내리면 다음 기차를 놓칠 수도 있기에 정신을 바짝 차려야 했다.

기차가 빠르게 달리다 보니 창밖 풍경은 시선이 머무르기도 전에 지나가버린다. 이탈리아 북부를 지나 스위스에 가까워지면서 창밖에는 드디어 이탈리아와는 다른, 우리가 생각했던 스위스 풍경이 펼쳐지기 시작했다. 점점 가파르게 높아지는 산들과 중간중간 넓은 초원들 사이에 모여 있는 작은 마을들, 가늘지만 시원하게 내리는 폭포들. 오래되었지만 아직 튼튼해 보이는 목조 주택들까지.

'아, 우리가 드디어 스위스로 가고 있구나.'

할머니는 가는 내내 창밖을 구경했다가 졸기를 반복했다. 잠시 잠에서 깨 눈을 뜰 때면, 이전과는 다른 모습으로 바뀐 풍경에 감탄하며 한없이 창밖을 바라보셨다. 그리고 다시 스르륵 잠에 들었다.

우선 슈피츠 역에서는 기차를 무사히 갈아타는 데 성공했다. 그런데 이 기차, 왠지 모르게 가다 서기를 반복한다. 불안감이 엄습했다. 인터라켄에서 또 환승해야 하는데, 연착하면 큰일인데. 아니나 다를까, 인터라켄 역에 도착해 시계를 보니 2시 30분. 그린델발트로 가는 기차는 35분에 출발하기에 5분 안에 옆 승차장으로 이동해야 했다. 어떻게 5분 만에 환승하지? 잠깐 아득해하고 있는데, 다들 가방을 든 채 뛰고 있다.

"할머니 조금 뛰어야 할 것 같아요."

양손에 캐리어를 쥐고 할머니와 뛰다시피 걸었다.

"먼저 가. 할머니 얼른 따라갈게."

얼마 걷지 않았는데, 할머니는 숨이 차는 모양이었다. 가슴을 쥔 채 가쁜 숨을 내뱉고 있었다. 지하로 내려갔다가 다시 옆 승차장으로 올라오기에 5분은 너무나도 부족했다. 3분 정도는 기다려줄 법도 한데. 기차는 매정하게도 정확히 35분에 경적소리를 내며 출발했고, 우리는 눈앞에서 기차를 놓쳐버렸다.

어떻게 하지. 언제까지 기차 떠난 자리만 바라보고 있을 수는 없었다. 안내 센터로 가니 우리 말고도 기차를 놓친 사람들이 20명은 넘어 보였다. 직원은 그냥 30분 후에 오는 다음 기차를 타면 된다고 말해주었다.

"할머니, 그냥 다음 열차 타면 된대요."

"아이고 그래? 참말로 다행이네. 할머니는 또 할머니 때문에 못 탔나 싶어 걱정했네."

다음 기차를 타면 되는 줄 알았으면 그냥 맘 편히 다음 기차를 탈걸. 괜히 할머니를 걱정하게 한 스위스 기차가 원망스러웠다. 나중에 혹시나 이런 상황이 다시 발생한다면, 그땐 '놓치면 뭐 어때'라는 편안한 마음으로 걸어가야겠다. 시간이 조금 더 걸리더라도 어떻게든 목적지까지 갈 수 있으니까.

다음 열차가 도착할 때까지 잠시 숨도 돌릴 겸 할머니와 함께 역 밖으로 나갔다.

"와……."

"아이고 이게 뭐야."

역을 나서자마자 눈앞에 펼쳐진 스위스의 에메랄드빛 호수를 보고 우리 둘 다 눈이 휘둥그레졌다. 숨이 턱 막히는

인터라켄 역 앞에 펼쳐진 풍경.

이탈리아의 공기와는 비교도 되지 않는 시원한 공기, 탁 트인 새파란 하늘, 진녹색으로 쭉쭉 뻗어 있는 나무들까지.

"할머니, 여기가 스위스예요."

"이야…… 정말, 정말 말이 안 나오도록 좋네."

다음 기차를 기다리는 30분 동안 우리는 기차 놓친 것도 잊어버리고 그저 의자에 앉아 말없이 풍경만 바라보았다.

할머니의 제육볶음,
혼자 먹은 저녁

"에이 무슨 방이 이따구야!"

"할머니 무슨 말을 그렇게 해요! 제가 얼마나 힘들게 구한 건데!"

그동안 쌓인 게 많았던 걸까. 나는 마치 막혀 있던 댐이 뚫린 것처럼 순식간에 할머니에게 불만을 쏟아냈다. 할머니는 충격으로 침대에 누워버렸고, 나는 숙소를 박차고 나왔다.

잊고 싶은 하루. 오늘 사건의 전말은 이렇다.

밀라노에서 기차를 두 번이나 갈아타고 수많은 골짜기를

넘어 드디어 스위스 그린델발트에 도착했다. 지상에 천국이 있다면 여기를 말하는 것일까. 4시간 만에 도착한 그린델발트는 '야생화의 천국' '하이킹의 천국', 겨울에는 '스키 천국'이라는 별명에 걸맞게 빼어난 풍경을 자랑하고 있었다.

기차에서 내리자마자 느낀 가장 큰 차이점은 햇볕이었다. 이탈리아에서는 그늘로만 다니고 싶을 정도로 햇볕이 뜨거웠지만, 스위스의 햇볕은 부드러웠고, 종일 의자에 앉아 햇볕을 쬐고 싶을 정도로 따뜻했다.

불어오는 바람도 이탈리아와 많이 달랐다. 이탈리아의 바람은 더운 습기를 가득 머금고 있어 조금만 걸어도 이마에서 땀이 주르륵 흘렀지만, 스위스 그린델발트는 해발 1,034미터에 산으로 둘러싸여 있어서 그런지 선선한 바람이 불어왔다. 습하지도 않았다. 그야말로 긴팔만 입고 일광욕하기 딱 좋은 날씨였다.

"기차 오래 타느라 힘드시죠? 어서 숙소로 가서 쉬어요."

"응, 오래 앉아 있었더니 허리가 아프네. 얼른 가자."

"현지 통나무집을 빌렸어요. 마음에 드실 거예요."

그린델발트 숙소는 다른 여행지의 숙소와는 다른, 특별한 점이 있었다. 인터넷에서 찾아보니 많은 사람들이 그린델발트에서는 호텔보다 전통가옥 샬레에서 숙박하라고 추천했기 때문이다. 샬레는 산에 짓는 오두막집이라는 뜻이다. 민박처럼 실제 현지인이 살고 있는 집의 방을 빌리기 때문에 가격도 저렴하고, 부엌이 있어서 직접 요리를 해 먹을 수도 있다, 무엇보다 현지 분위기를 몸으로 느낄 수 있다고 해서 이번 여행에서 제일 기대하고 신경을 많이 쓴 곳 중 하나였다.

예약 방법도 남다르다. 인터넷으로 결제하는 것이 아니라 직접 메일을 보내서 예약할 수 있는지 문의해야 한다. 대금은 숙소에 도착해서 지불한다. 알아보니 경쟁이 치열해서 몇 달 전에 예약하지 않으면 구하기 어렵다고 했다. 하지만 당시는 여행 출발까지 4일밖에 남지 않았던 시점, 곧바로 무작정 열 군데가 넘는 샬레에 메일을 보냈고, 다음 날 오후가 되어서야 정말 운 좋게도 '한나 할머니네'라는 샬레에 타이거아이 북벽 설산이 잘 보이는 3층 방 하나가 남았다는 답장을 받을 수 있었다.

"할머니, 오늘은 숙소에서 마중 나온다고 했으니까 편하게 갈 수 있을 거예요."

"아이고 그래? 우리 손자 아주 야무지구만 야무져."

하지만 예상치 못하게 도착이 30분 늦어져서인지 주차

장을 둘러보아도 태우러 온다던 한나 할머니의 갈색 차는 보이지 않았다. 아까 인터라켄에서 기차를 놓치자마자 기차가 지연되어 30분 정도 늦을 것 같다고 메시지를 보냈지만 아직 답장은 오지 않았다. 지도 어플로 검색해보니 한나 할머니의 샬레까지는 역에서 도보로 650미터, 9분 거리였다. 나는 괜히 호기를 부렸다.

"할머니! 날씨도 좋고, 거리도 얼마 되지 않는데 그냥 걸어갈까요?"

"그래? 가까우면 그러지 뭐."

양손으로 캐리어를 끌며 당당히 앞장섰다. 경사는 15도 정도로 완만했고, 따뜻한 햇살, 시원한 바람을 맞으며 걸으니 기분이 좋았다. 한 걸음 뒤에서 부지런히 따라오는 할머니도 날씨가 선선해서인지 힘들어 보이지 않았다. '다행이다. 이 정도면 금방 도착할 것 같은데' 생각하며 200미터쯤 걸었을까. 경사가 점점 심해지더니 30도 정도로 꽤 가팔라졌다. 할머니는 두 손으로 허리를 받친 채 그 자리에 멈춰섰다.

"아이고 숨차. 우리…… 우리 앉아서 조금만 쉬었다 가자."

"예 할머니. 여기 바위에 앉아서 좀 쉬고 계셔요. 그냥 여기로 와달라고 다시 메시지 보내볼게요."

"그래, 그게 좋겠다. 괜히 걸어가지고 힘만 들어 아주."

핸드폰을 켜니 한나 할머니에게 답장이 와 있다.

– 방금 메시지를 확인해서, 다시 기차역으로 갈게요.

나는 한나 할머니에게 지금은 기차역에서 200미터쯤 걸어 올라왔다고, 앞에 있는 건물 사진과 우리가 있는 위치를 찍어 보냈다.

"할머니 저희 위치 찍어서 보냈으니까 금방 올 거예요."

"그래. 앉아서 숨 좀 돌리고 있자."

– 방금 남편이 기차역에 다시 다녀왔는데 둘을 못 찾았대요. 어디 있어요?

아, 의사소통에 뭔가 문제가 생긴 듯하다. 아까 보낸 메시지를 복사해서 다시 보냈다. 우리 200미터쯤 올라와서 앉아 있다고.

"할머니 착오가 있어서 다시 기차역으로 마중 갔다고 하네요. 제가 메시지 보냈으니까 조금만 기다리면 올 것 같아요."

"에이! 얼마 안 남았으면 그냥 걸어가."

"아…… 그럴까요? 할머니 그럼 조금만 더 힘내세요. 거의 다 왔어요."

마지막 100미터는 거의 경사가 45도나 되어서 나도 끙끙거릴 정도였다. 드디어 눈앞에 보이는 숙소. 흰머리의 한나 할머니는 숙소 앞에 마중 나와 있다가 캐리어를 끌고 오는 우리를 보고는 한걸음에 다가왔다.

"남편이 아직 기차역에서 안 돌아왔어요. 오는 줄 알고 기다리고 있는데 뭔가 오해가 있었던 것 같아요."

한나 할머니는 미안하다는 말과 함께 시원한 물 두 컵을 쟁반에 받쳐 건넸다. 뒤따라오던 할머니는 곧바로 문 앞에 있는 의자에 주저앉아 벌컥벌컥 물을 들이켰다.

"아이고 나 죽겠다. 할머니 죽겠다 아주."

"할머니 진짜 고생 많으셨어요. 숨 좀 돌리다가 방에 들어가서 누워서 쉬세요."

의자에 앉아 가쁜 숨을 어느 정도 돌리고 있으니 한나 할머니가 방을 알려준다며 앞장섰다. 한나 할머니는 한 손으로 할머니의 캐리어를 들고도 계단을 척척 잘 올라갔다. 우리 방은 3층. 할머니는 내 뒤를 따라 계단을 올랐다.

"아이고, 참 할망구가 무릎도 좋네. 부럽네 부러워."

할머니는 척척 계단을 잘 올라가는 한나 할머니가 무척 부러운 모양이었다. 마치 '나도 젊을 적에 고생 많이 안 했으면 지금 이렇게 무릎이 아프지는 않았을 텐데' 한탄하는 목소리였다.

역시 사람들이 샬레를 추천하는 이유가 있었다. 숙소는 거실, 부엌, 작은방, 화장실, 발코니까지 둘이 쓰기에 넉넉할 정도로 좋았고, 특히 테라스에서 보이는 산 전망이 끝내줬다. 한나 할머니가 방 설명을 마치고 나가자 뒤따라오던 할머니가 현관문을 넘어 거실로 들어왔다. 좋은 방 잘 구했다고 칭찬해주시겠지. 나는 잔뜩 흥분해서 할머니에게 테라스 좀 보시라고 손짓했다.

"할머니 여기 테라스 한번 와보세요. 전망 끝내줘요."

무척 힘들어서였을까, 아니면 그동안 참아왔던 감정이 폭발한 것일까. 그 순간 할머니의 입에서 내 생각과는 정반대의 말이 쏟아져 나왔다.

"에이 무슨 방이 이따구야. 에어컨도 없고, 선풍기도 없고. 뭐 이런 방이 다 있어. 3층에 있어서 올라오기도 힘들고 앞으로 어떻게 올라갔다 내려갔다 해! 죽겠네 아주."

할머니가 좋아하실 거라고 잔뜩 기대했는데, 도리어 짜증이란 짜증은 다 들어서였을까. 내 감정도 순식간에 폭발했다.

"할머니! 무슨 말을 그렇게 해요. 할머니 좋은 곳에서 주무시게 하려고 제가 얼마나 힘들게 구한 건데."

"아니 이탈리아에서는 방에 에어컨이랑 선풍기 다 있었는데, 여기는 더운데 방에 아무것도 없으니 그렇지!"

순식간에 서운한 말이 오고 갔다. 나는 거기서 더 나아가 그동안 서운했던 것까지 다 할머니에게 내뱉었다.

"할머니 그때 분명히 저한테 하루에 3~4시간씩 걸을 수 있다고 하셨으면서 항상 힘들다고만 하고, 밖에서 먹는 음식은 맛없다고만 하고. 이러면 제가 나중에 또 할머니랑 여행 가고 싶겠어요? 할머니가 그래도 좋다고 해야 나중에 제가 할머니랑 또 여행을 올 거 아니에요, 진짜."

"이놈이 할머니한테 말하는 것 좀 보게. 아이고, 아이고."

그 뒤로는…… 앞에서 말한 것과 같다. 할머니는 작은방으로 들어가 문을 쾅 닫아버렸고, 나는 씩씩 성을 내며 숙소를 박차고 나왔다.

목적지 없이 거리를 걸었다. 곰곰이 생각해보니 할머니가 화를 내는 것도 당연했다. 기차역으로부터 650미터를 걸어왔고, 특히 마지막 100미터는 경사가 심했다. 거기에 청천벽력으로 방은 3층에 있었기에 할머니가 힘든 것이 당연한데. 순식간에 밀려 들어왔던 울분은 '내가 할머니한테 왜 그랬을까'라는 후회로 바뀌었다.

어떻게 미안하다는 말을 전해야 할까. 어떻게 해야 할머니의 속상한 마음이 풀릴까. 하염없이 걷다가 주변을 둘러보니 Coop이라는 큰 마트가 하나 보였다. 순간 '수박'이 생각났다. 할머니가 맛있게 드시던 수박. 수박을 사서 할머니께 드리고 죄송하다고 하면 조금은 화를 푸시지 않을까.

마트에 들어가 수박 한 통을 바구니에 담았다. 그리고 숙소에서 직접 조리해 먹을 돼지고기, 소고기, 쌀, 할머니가 좋아하는 상추, 와인까지 한 병 샀다. 그리고 숙소에 돌아가 굳게 닫혀 있는 작은방 문을 두드렸다.

"할머니…… 수박 드세요."

"됐어. 꼭 체한 것처럼 입맛이 없네."

"돼지고기랑 소고기 사 왔어요. 쌈채소랑 같이 마실 와인도 사 왔는데, 저녁은 어떻게 하시겠어요."

"할머니는 저녁 생각 없고, 너 저녁은 먹어야 하니까 할머니가 고추장 넣고 돼지고기 볶아줄게."

할머니는 계속 가슴이 답답하고 체한 것 같다고 했다. 내가 마트에 다녀온 사이 눈꺼풀은 한층 내려와 있었고, 부엌으로 나오는 걸음이 절뚝절뚝거리는 것이 다리가 불편해 보였다. '그래도 밥은 할머니가 해줘야지' 하는 마음이었을까. 할머니가 부엌에서 요리를 한 지 얼마 지나지 않아 금세 따뜻한 쌀밥과 제육볶음이 완성되었고, 할머니는 다시 방으로 들어가셨다.

"다 됐으니까 먹고 싶은 만큼 퍼서 와인이랑 같이 먹어. 할머니는 속이 안 좋아서 오늘 저녁은 안 먹는다."

할머니와의 말다툼. 그래. 그래도 이왕 먹는 거 잘 차려 먹어야지. 괜히 분위기를 내보겠다고 테라스에 밥을 차렸다. 와인도 한 잔 따랐다. 그래, 혼자 맛있게 먹으면 되지 뭐. 그런데 의자에 앉아 밥을 먹자니 유난히도 쓸쓸해졌다. 오늘 내가 왜 그랬을까. 벌써부터 할머니와 하하 호호 웃으며 밥을 먹고, 후식으로 수박을 먹던 것이 그리워진다.

그렇게 나는 스위스에 도착한 첫날 저녁을 혼자 먹었다.

혼자 먹은 저녁밥.

여름에 만난 눈

아침에 눈을 뜨자마자 머릿속에 든 생각은 '어떤 말을 건네야 할까'였다. 어제저녁, 할머니는 요리한 다음 바로 방에 들어가버리셨고, 괜찮다고는 했지만 아직 서로에게 불편한 감정은 남아 있었다. 이대로라면 남은 여행 내내 서로 어색할 것이 분명. 빨리 풀지 않으면 이번 여행은 빵점이 될 것이 틀림없었다. 조용히 방을 나와 테라스 의자에 앉았다.

이런저런 생각을 하고 있을 때, 할머니가 잠에서 깨어 거실로 나왔다. 자리에서 일어나 정리도 하지 못한 말을 입에서 나오는 그대로 전했다.

"할머니 어제 일은 죄송해요. 제가 아직 철이 덜 들었나 봐요."

"뭐가 죄송해?"

"어제 제가 할머니한테 막 뭐라 한 거요……."

"그럼 잘못했지. 한참을 잘못했지. 할머니한테 그렇게 말하는 손자가 어디 있어."

"죄송해요……."

"그래. 다음에는 절대 그러지 마. 할머니 속상해. 할머니도 미안해. 손자가 힘들게 구한 방인데 할머니가 몰랐네."

서로에 대한 진심이 전해진 걸까. 화는 금세 풀렸고, 밤사이 단단한 바위처럼 굳은 우리 관계도 언제 그랬냐는 듯 순식간에 녹아내렸다.

"어제 저녁도 안 드셔서 배고프시겠네. 어서 아침 드셔야죠."

"안 그래도 배고파서 깼어. 어서 먹고 구경 나가자."

밥을 다 먹고 발코니로 나가니 어제는 미처 보지 못한 풍경이 펼쳐졌다. 새파란 잔디 마당에 한나 할머니의 손녀로 보이는 어린 소녀가 뛰어놀고 있고, 어제 엇갈려서 만나지 못했던 할아버지는 잔디를 깎고 있었다.

마당 한쪽으로는 상추처럼 보이는 것들이 오와 열이 딱딱 맞게 심어져 있고, 센스 있게 중간중간 심어놓은 빨갛고 하얀 꽃들이 포인트가 되어주었다. 눈을 조금 위로 들자 이번에는 시야에 눈이 소복이 쌓인 새하얀 산이 펼쳐졌다.

"여기 할머니 마당 가꾸는 솜씨가 아주 대단하네. 노치마을 할머니 집으로 돌아가면 이렇게 마당 꾸며야겠어."

어느새 다가와 내 뒤에서 풍경을 보시던 할머니는 아예 발코니 의자에 자리를 잡고 앉아 감상하셨다.

"아이고, 살아생전 노치마을 지리산 풍경이 제일인 줄 알았는데, 이곳 풍경이 더 멋있네. 여기에 앉아서 하루 종일 산만 보고 있어도 질리지 않겠다."

할머니는 그 뒤로도 오랫동안 의자에 앉아 말없이 풍경만 지긋이 바라보았다. 수십 년 동안 매일 아침 일어났을 때 눈에 들어오는 풍경은 노치마을에서 보이는 지리산뿐이었을 텐데. 지리산이 최고라고 생각하며 살아왔던 할머니에게 스위스의 아이거산이 준 충격은 결코 작지 않은 듯했다.

"아이고 내 정신 좀 봐라. 얼마나 앉아 있던 겨."

할머니는 놀란 듯 상체를 앞으로 기울였다.

"할머니 이제 슬슬 출발할까요?"

"그래, 그래. 어서 부지런히 구경해야지."

오늘 구경할 곳은 피르스트산 위에 있는 전망대다. 피르

장대한 아이거 북벽.

스트 전망대로 올라가는 곤돌라 승강장은 숙소 입구 바로 앞이었다. 발코니 의자에 앉아 있어도 보일 정도로 가까웠다. 아침 8시인데도 일찍부터 전망대로 가는 사람들이 길게 줄을 서 있다.

"할머니, 사람들 줄 서 있는 거 보니까 좀 더 쉬다 가도 될 것 같아요."

"아 그래? 그럼 여기 앉아서 쉬다가 사람 좀 빠지면 가자."

풍경을 보면서 30분쯤 기다리자 스무 명 넘게 서 있던 줄이 다 사라졌다. 우리는 여유롭게 나갈 채비를 시작했다.

"홍규야, 우리 곤돌라 타기 전에 저 산 배경으로 같이 사진 한 번 찍자."

"예, 할머니. 좋지요."

사진을 찍고 곧바로 곤돌라 승강장에 들어갔다. 문 열린 곤돌라들이 줄지어서 천천히 움직이고 있었다. 그런데 막상 타려고 보니 생각보다 움직이는 속도가 빨랐다. 할머니가 쉽사리 타지 못하시기에 내가 먼저 곤돌라에 올랐다. 그리고 빠른 걸음으로 곤돌라에 다이빙하듯 몸을 싣는 할머니를 잡아드렸다.

할머니와 피르스트 전망대 가는 길.

"아이고 빠르네 빨라. 깔깔."

할머니는 넘어질 뻔한 것이 약간은 쑥스러운 듯 멋쩍게 웃으며 자리에 앉았다. 산을 타고 올라가는 곤돌라 안에서 창밖을 바라보니 숙소에서 볼 때와는 또 다른 느낌이 들었다. 눈앞에 펼쳐진 산들은 숙소 발코니에서 볼 때도 어마어마했는데, 곤돌라를 타고 올라가며 높은 곳에서 보니 그 웅장함이 배가 되었다.

할머니는 곤돌라가 중간중간 덜컹거릴 때마다 "아이고 무서라. 아이고 무서라" 하며 손등에 힘줄이 튀어나오도록 내 손을 꽉 잡았다. 그러다 어느 정도 지나고 나서는 적응이 되었는지 그 흔들림을 즐기며 맘 편히 바깥 풍경을 바라보았다.

한국에서는 보기 힘든 광경이다. 곤돌라 창문 너머로 파란 하늘이 보였고, 하늘 바로 밑에 눈 덮인 산들이 뾰족하게 튀어나와 있었다. 아래로는 잔디밭이 한없이 펼쳐져 있고 그 위에 지은 나무집과 풀을 뜯는 소 들이 보였다.

할머니랑 경치를 보고 사진을 찍다 보니 30분이 10분처럼 빠르게 지나고, 압도할 만큼 웅장한 경치에 익숙해질 무렵 우리는 피르스트 정류장에 도착했다.

"아이고 홍규야, 어서 가서 눈 좀 밟아보자."

먼발치에 하얀 눈들이 소복이 쌓여 있다. 할머니는 곤돌라에서 내리자마자 냅다 눈 쪽으로 총총 걸어가셨다.

"홍규야, 사진이랑 동영상 찍어줘. 엄마랑 이모한테 할머니 여름에 눈 밟는다고 보내줘야겠어."

진짜 눈이 맞는지 꾹꾹 밟아보고 손으로 만져보던 할머니가 입고 있던 분홍색 바람막이를 벗으며 말했다. 반팔 차림으로 눈을 밟는 모습을 찍고 싶으신 거겠지.

"눈이에요! 여름인데 눈이에요! 하나도 안 추워요!"

뽀독뽀독 눈을 밟으며 하나도 안 춥다고 말하는 할머니의 모습과 목소리가 동영상에 담겼다.

"홍규야 너도 와서 눈 좀 밟아봐. 어째 이렇게 안 추운데 눈이 있을까. 참말로 신기하다."

그날 저녁, 자식들에게 산 위에서 눈을 밟았다고 사진과 동영상을 보내며 자랑하시는 할머니는 너무나도 행복해 보였다.

— 사진이랑 영상 봤어? 반팔 입을 정도로 안 추운데
  발밑에는 눈이 있어. 너무 신기해.

– 엄마, 발밑에 눈이 있는데 하나도 안 추워요?

– 응, 하나도 안 추워. 얼마나 신기한지 스위스는 너무 시원하고 좋아. 고마워. 다 우리 자식들 덕분이야.

노치마을에 돌아가서도 친구들에게 동영상과 사진을 보여주며 자랑할 할머니가 눈앞에 그려진다. 어깨가 한껏 올라가 있지 않을까.

'나 스위스에서 반팔 차림으로 눈 밟아봤어. 아이고, 진짜라니까. 위에는 하나도 안 추운데 발밑에 눈이 있었다니까. 여기 사진 보여줄게.'

그동안 겪어보지 못했던 것들을 하나씩 경험하심으로써 앞으로 할머니의 인생이 조금 더 풍요로워졌으면 좋겠다.

"어떻게 산꼭대기에만 저렇게 눈이 쌓여 있을꼬" 하며 신기해하셨던 할머니. 노치마을에도 겨울이면 눈이 무릎까지 쌓일 정도로 많이 내리지만, 오늘 피르스트 전망대에 오른 할머니는 마치 눈을 처음 보는 것처럼 연신 뽀도독뽀도독 소리가 나도록 눈을 밟았다. 놀이동산에 온 것처럼 여기저기 걸어 다니며 즐거워하시는 할머니를 보니 나 또한 어린아이가 된 기분이 들었다.

계속해서 덥다며 바람막이를 벗으셨다.

한여름에 눈 위에서.

서로 닮아가는 우리

오래 같이 지내다 보면 닮는다는 말이 있다. 가까이 지내면서 자기도 모르게 같은 감정을 공유하기 때문이라고 한다. 웃긴 일이 생기면 같이 웃고, 힘든 일이 생기면 같이 힘들어하고, 걱정거리가 생기면 같이 고민하고. 그렇게 감정을 공유하며 시간을 보내다 보면 자신도 모르는 사이에 곁에 있는 사람을 닮게 된다.

여행을 통해 할머니와 단둘이서 많은 시간을 보냈다. 같이 웃고, 힘들어하고, 대화하고, 싸우고, 화해하고. 그러다 보니 자연스럽게 행동이나 말투 같은 것이 닮아갔는데, 그 사실이 싫지 않았다. 오히려 할머니와 나 사이를 더 가깝게 해주는 다리가 놓인 것 같아 마음이 따뜻해졌다.

"아이고 좋다."

할머니는 피르스트에 올라온 후 좋다는 말씀을 셀 수도 없을 만큼 많이 하셨다. 기뻐하는 할머니와 풍경을 배경으로 사진과 동영상을 찍다가 뒤를 돌아보니, 사람들이 두 부류로 갈라져 이동하고 있었다. 등산화를 신고 스틱을 든 채 더 높은 곳으로 하이킹하러 가는 사람들도 있었고, 철조망 길을 따라 전망대로 올라가는 사람들도 있었다. 당연히 우리에게 하이킹은 무리. 사람들을 따라 전망대 쪽으로 발걸음을 옮겼다.

절벽에 철조망으로 만들어놓은 전망대 가는 길. 철조망 사이사이로 천길 아래 밑이 아찔하게 내려다보였다. 나는 가는 내내 다리가 후들거렸는데, 할머니는 그런 나를 보고 웃으며 당당히 잘 나아갔다. 평소에는 무겁기만 했던 할머니의 발걸음이 지금은 총총 뛰는 새처럼 가벼워 보인다. 높은 곳을 무서워하실 줄 알았는데 전혀 아니었구나. 그날 찍은 사진 속 할머니의 표정은 유난히도 편해 보인다.

심장이 안 좋다고 하셨는데, 오늘만 보면 할머니의 심장은 강철처럼 튼튼한 것 같다. 씩씩하게 앞장서는 등도 유난히 크고 든든해 보인다. 할머니 등만 보며 쫓아가다 보니 어

전망대로 향하는 아찔한 철조망 길 위에서.
어쩌면 할머니는 나보다 강심장인지도 모르겠다.

느새 전망대 정상. 철조망 길 끝에 사람들이 아이거산 북벽을 배경으로 사진을 찍으려고 줄을 서 있다.

"할머니 저기서 사진 찍을래요?"

"에이 그냥 이 앞에서 찍지 뭐. 서서 기다리면 다리 아파."

그리고 잠시 후,

"아이고, 사진에 줄 서 있는 사람들 나왔네요."

"에이 괜찮아 뭐. 산만 잘 나오면 됐지."

전망대에는 간단한 음식을 파는 레스토랑이 있었다. 꽤 걸었으니 좀 쉬기도 할 겸 콜라와 빵을 사서 식당 앞 벤치에 자리 잡고 앉았다. 아침부터 부지런히 움직였더니 이제 겨우 아침 10시였다. 햇볕은 따뜻했고, 바람은 시원했다.

"이탈리아였으면 지금쯤 더워서 땀을 겁나게 흘리고 있었을 텐데 스위스는 너무 좋네."

"그러게요 할머니. 이탈리아는 너무 더웠죠?"

스위스에서의 시간은 유난히도 빨리 지나간다. 불어오는 바람과 햇빛을 만끽했을 뿐인데 벌써 11시가 되었다. 약간 허기가 진다. 할머니의 눈도 조금씩 감겨온다.

"아이고 이제 슬슬 내려갈까요?"

그냥 여기서 대충 찍어줘.

할머니는 내려가는 곤돌라에 탄 지 5분도 지나지 않아 눈을 감고 졸기 시작했다. 나는 꾸벅꾸벅 계속 앞으로 기울어지는 할머니의 머리를 이끌어 내 어깨에 기대게 했다. 곤돌라는 올라올 때처럼 잔잔히 내려갔고, 내려가는 내내 그림처럼 펼쳐진 풍경이 창문 너머로 지나갔다.

"아이고 구경 잘했다."

"아이고 그러게요."

곤돌라에서 내려 바로 앞에 보이는 숙소로 걸어가는 길. 할머니는 졸음을 떨치려고 애쓰며, 만족스러운 오전 일과를 보냈다고 했다. 날씨가 덥지 않아서 그런지, 아니면 조금만 걸어서 그런지 둘 다 지금까지 중 제일 만족스러운 관광이었다. 평소였으면 숙소에 돌아오자마자 우리 모두 침대 위에 대자로 뻗었을 텐데, 이날은 아직 기운이 남아 발코니에 자리를 잡고 앉았다.

할머니와 둘이 테라스에 말없이 앉아 구름 밑에 우직이 서 있는 아이거산을 바라보았다. 그때 정적을 깨고 들려오는 꼬르륵 소리.

"우리 강아지 배고파?"

분명 할머니 배에서 난 소리 같은데 나한테 배고프냐고 물어보신다.

"아이고 벌써 12시네요. 배고픈데 점심 먹을까요?"

"좋지. 아침에 먹고 남은 제육볶음이랑 상추랑 먹으면 되 겠다. 아이고, 맛있겠다. 할미가 어서 밥 차려줄게. 조금만 기다려잉."

내가 배고프다고 하자마자 할머니는 마치 큰일이라도 생 긴 것처럼 자리를 박차고 일어나 부엌으로 걸어갔다.

같이 있으면 닮는다더니, 할머니랑 하루 온종일 같이 있 다 보니 할머니의 '아이고'가 내 입에도 붙었다. 문득 궁금 해졌다.

'나는 이번 여행을 하면서 할머니의 말투를 닮아가게 되 었는데, 할머니도 그럴까? 나를 닮게 된 부분이 있을까?'

잘은 모르겠지만 하나 떠오르는 게 있었다. 바로 장난.

초등학교 다닐 때까지는 할머니랑 장난을 많이 쳤다. 장 난기가 많으셨던 할머니는 나란히 거실에 누워 TV를 볼 때 면 발가락으로 내 종아리를 꼬집으면서 장난치시고는 했다. 그러면 나는 "으악" 하며 작은 발가락을 있는 힘껏 벌려서 할머니의 종아리를 똑같이 꼬집으려 했고, 그렇게 서로 엎 치락뒤치락 깔깔 웃으며 장난을 쳤다.

그런 장난은 할머니가 나이가 드시고 내가 커가면서 자연스레 사라지게 되었다. 이번 여행 중 옛날 생각이 들어 무심코 침대에 누워 계신 할머니의 종아리를 꼬집으며 장난을 쳤다.

"아이고 이놈 봐라. 할머니한테 장난을 다 거네."

할머니도 발가락으로 내 종아리를 꼬집었고, 우리는 마치 20년 전으로 돌아간 것처럼 깔깔 웃었다.

그 뒤로도 여행 내내 할머니랑 장난을 쳤다. 할머니가 옛날처럼 나에게 먼저 장난을 거는 경우도 점점 늘어갔다. 그 모습을 보니 할머니가 여행하며 나를 닮게 된 것은 없지만, 그래도 20년 전의 장난기 많았던 모습을 다시 찾은 것 같아 기분이 좋았다. 이번 여행을 통해 다시 돌아온 할머니의 장난기가 여행이 끝난 후에도 오래갔으면 좋겠다.

밤하늘 아래 테라스에서
펼쳐진 할머니의 이야기보따리

"제육볶음은 다 먹었고, 저녁은 어제 사 온 소고기에 버섯이랑 고추장 넣고 찌개 끓여 먹자."

할머니가 저녁을 해주신다는 말 한마디에 갑작스레 허기가 졌다.

"네, 할머니. 좋지요."

자연스럽게 대답하는 스스로에게 웃음이 났다. 아무래도 이제는 내가 할머니를 더 의지하는 것 같다.

저녁 먹은 뒤 익숙하게 테라스로 자리를 옮기는 우리. 해는 더 기울어 그늘이 산의 절반을 넘었다.

"할머니 와인 한잔하실래요?"

저물녘 스위스.

"아이고, 좋지. 할머니도 오늘은 한잔 마셔야겠다 호호."

"할머니 오늘은 취하시면 안 돼요."

"이놈이! 할머니 안 취해. 깔깔."

할머니는 해주고 싶은 이야기가 많았나 보다. 반 조금 안 되게 채운 와인 잔을 부딪치고, 한 모금 마시자마자 할머니의 이야기가 시작되었다.

태어나자마자 어머니를 여의고 아버지가 젖동냥을 해서 키웠다는 할머니. 할머니는 자기를 낳고 돌아가신 엄마가 보고 싶다고 했다. 평생 알지 못할 엄마의 얼굴을 그리며 꿈에서라도 만나게 해달라고 기도하셨다는데, 하늘이 기도를 들어주신 건지 어느 날 꿈에 온화한 미소를 가진 여인이 나왔다고. 할머니는 그분을 보자마자 '아 돌아가신 우리 엄마구나' 하는 생각이 들어 그 여인의 무릎에 얼굴을 묻고 펑펑 울었다고 했다.

할머니도 엄마를 그리워하는구나. 말로 표현할 수 없는 묘한 감정이 들었다. 내가 그저 '할머니'인 줄 알았던 사람에게도 어린 시절이 있었고, 여느 사람과 마찬가지로 '엄마'라는 존재를 그리워했던 것이다.

얼굴도 모르는 사람을 그리워하는 것은 어떤 느낌일까. 잘은 모르지만 무척 가슴 아픈 일이리라는 것만은 확실히 알겠다.

할머니는 돌아가신 할아버지 이야기도 해주었다. 할머니는 할아버지가 하도 쫄쫄 따라다니는 바람에 결혼했다고 했다. 결혼 후에도 할머니한테 사랑 표현을 잘하셨다는 할아버지는 15년 전 4년간 폐암으로 고생하시다가 돌아가셨다. 할머니는 그 4년간의 이야기를 들려주셨다.

할머니는 죽밖에 못 드시는 할아버지를 위해 매일 세 가지 죽을 끓이셨다고 했다. 아침 일찍 나가 종일 밭일을 하고 돌아와 죽을 끓일 때면 너무 힘들어서 다 그만두고 싶을 때도 많았다. 그래도 꾹 참고 죽을 끓여드리고는 자신은 물에 밥을 말아 부엌에서 대충 먹었다고 했다. 죽밖에 못 먹는 할아버지를 앞에 두고 차마 식사를 할 수 없었다고.

그때는 몸도 마음도 너무 힘들었는데, 할아버지가 돌아가시고 나니 그 슬픔이 더 컸다. 벌써 할아버지가 돌아가신 지 15년이 지났지만, 할머니는 여전히 아침 일찍 할아버지 묘에 놀러 가 꽃을 가꾸거나 풀을 매고 돌아온다고 했다.

일할 때마다 노래 부르기를 좋아하시는 할머니는 할아버지 묘 근처에 난 잡초를 매면서도 노래를 부르시지 않을까. 왠지 할머니가 어떤 노래를 불러도 슬프게 느껴질 것 같다.

평생의 반려자를 잃어버리는 슬픔이 얼마나 클지 가늠조차 할 수 없다.

할머니는 자식들에게 서운했던 일도 털어놓았다. 아플 때 아무도 시골에 안 내려와서 너무 서러운 나머지 이불을 쓰고 엉엉 울었다는 이야기. 그렇게 엄마, 이모, 큰삼촌, 작은삼촌에 관련된 이야기를 들려주고 나서는 일을 너무 많이 해서 무릎이랑 허리가 아픈 사연을 이야기해주었다. 할머니의 인생 이야기를 들으니 지금의 나로서는 견딜 수 없을 것 같은 어마어마한 삶의 무게를 견디면서 살아온 할머니가 그저 대단하게 느껴졌다.

할머니의 이야기를 듣다 보니 할머니가 왜 손잡고 걷는 것을 좋아했는지 알 수 있었다. 할머니는 자식들을 출가시키고, 할아버지를 떠나보낸 후 계속해서 혼자였던 것이다. 손을 잡아드리는 것이 할머니에게는 혼자가 아니라는 느낌을 주었나 보다. 어려운 것도 아닌데 진작 잡아드릴걸, 하는 생각이 든다.

오후 7시 해가 지기 시작할 무렵 시작된 대화는 자정이 넘어 밤하늘의 달이 선명해질 때까지 계속되었다. 와인을 홀짝홀짝 마시며 할머니 이야기를 듣다 보니 '꽤 양이 많네' 싶었던 와인병은 다 비워졌다.

이번 대화는 내가 지금까지 알고 있던 할머니를 더 깊이 이해하는 시간이었다. 어디 좋은 곳에 간 것도, 맛있는 음식을 먹은 것도 아니었고, 계획에도 없었던 시간이지만 나에게는 이날의 대화가 여행 중 가장 기억에 남는다.

아마 할머니도 그랬나 보다. 한국으로 돌아가기 전날 저녁, 할머니에게 물었다.

"이번 여행 중 가장 행복했던 순간이 언제예요?"

나는 특정 장소나 음식 이야기를 하실 것이라고 생각했는데, 할머니에게서 나온 대답은 내 생각과 달랐다.

"할머니는 손자가 할머니 손 꼭 잡고 걸어준 것이 제일 고마우면서 좋았고, 그다음으로는 저녁에 별 보면서 같이 이야기 나누었던 게 좋았어. 할머니는 이번 여행 동안 너무 행복했어."

죽기 전에 와서
다행이야

스위스 여행 계획을 세울 당시, 마우스 위의 내 손가락은 기차표 예매 버튼 앞에서 한참을 망설였다. 알프스의 지붕이라 불리는 융프라우로 가는 기차표의 가격은 만만치 않았다. 무려 한 사람당 20만 원. 비행기며 숙소, 모든 부분에서 한 푼, 두 푼 아껴온 나로서는 쉽사리 지불하기 힘든 가격이었다.

그때, 여행 계획을 세우던 중 할머니와의 통화가 떠올랐다. 할머니는 이런저런 이야기를 나누던 중 갑작스레 이런 말을 꺼냈다.

"흥규야, 그럼 우리 그 눈 산도 가는 거여?"

"아, 그럼요! 당연히 가야죠."

…… 그래! 할머니에게는 마지막 스위스 여행이 될 수도 있는데 가격 따위 뭐가 중요하겠나. 할머니의 여행에 아쉬움이 남지 않았으면 하는 마음으로 지체없이 예약 버튼을 눌렀다.

다른 데서 아끼면 된다고 생각하긴 했지만, 여전히 한편에는 혹여나 안개 때문에 아무것도 못 보고 오면 40만 원이 그대로 날아가버리는 건데, 돈 아까워서 어쩌나, 하는 불안이 남아 있었다.

대망의 융프라우로 가는 날 아침 6시. 어제 할머니와 와인 한 병을 비우고 자정이 넘어 잠자리에 들어서 그런지 평소보다 침대에서 몸을 일으키기가 힘들었다. 겨우 눈을 떠보니 할머니 침대는 이미 비어 있다. 방문을 열고 보니 할머니가 발코니 의자에 앉아 있다. 무슨 고민이라도 있는 듯 산 정상을 묵묵히 바라보고 있다.

"할머니 일찍 일어나셨네요?"

"응, 오늘 혹여나 산 정상에서 고산병 때문에 고생할까 걱정되네."

안 그래도 어제저녁, 할머니가 가족 카톡방에서 내일 산 정상에 간다고 하니 삼촌, 엄마, 이모 모두 연달아 걱정했다.

– 물 자주 마시고, 평소보다 두 배는 더 천천히 걸어요.
엄마.

– 높은 데 올라가서는 물 많이 마셔야 한대요. 꼭 자주
챙겨 마셔요.

– 응 괜찮아. 걱정 안 해도 돼. 잘 다녀올게.

어제는 괜찮다며 당당한 표정으로 답장하셨는데, 오늘
아침 할머니의 얼굴은 사뭇 다르다. 아무렇지 않은 척하셨
지만, 속으로는 많이 떨리시나 보다.

우리가 타는 기차는 7시 10분 기차. 융프라우로 가는 첫
열차였다. 늦어도 7시까지는 기차역에 도착해야 해서 서둘
러 어제 먹고 남은 소고기 찌개와 밥으로 속을 채웠다. 기
차역으로 나가기 전, 할머니는 다시 한 번 가방에 물이 있
나 확인하고 심장약을 평소보다 더 신중하게 넘겼다.

"아이고 신기해라. TV에서 보던 것과 똑같이 생겼네. 참
말로 신기해."

융프라우 전 클라이네 샤이덱 정류장으로 가는 길. 산악
열차를 타고 이동하는 내내 창밖에는 드넓은 초원이 펼쳐
졌다. 할머니는 어제 피르스트에 올라갈 때처럼 한동안 창

이날은 분홍 바람막이를 입고 스카프까지 매셨다.

클라이네 샤이덱에서 융프라우로 올라가는 길.

밖을 바라봤다. 열차 안에 사람이 많았지만 주변이 고요한 것이, 아마 모두 풍경에 빠진 듯했다.

드문드문 쌓여 있는 눈이 한층 가까워졌다. 그래도 아직 그리 춥지는 않다. 마치 바람막이 하나만 입으면 되었던 피르스트처럼 시원하다. 허리를 펴고 산 위를 보니 아직 우리가 기차를 타고 올라가야 할 곳이 까마득히 멀어 보였다.

"할머니 저기 위에 눈 쌓인 산 보여요? 이제 1시간 동안 기차 타고 저기로 갈 거예요."

"아이고, 저기를 올라간다고? 겁난다 겁나."

밖의 풍경이 조금 전과는 확연히 달라졌다. 이제는 새파란 풀들보다 짙은 회색빛 돌들이 눈에 더 많이 들어온다. 그 사이로는 수백 년 넘도록 녹지 않고 유지되어온 것 같은 얼음이 굳게 박혀 있다. 산 위로 놓인 철길을 오르던 기차는 바위를 뚫어 만든 어두운 터널 속으로 들어갔다. 터널로 들어오니 몸이 기우는 것이 느껴질 정도로 경사가 심해진다. 기차는 톱니바퀴가 탁, 탁, 탁, 탁 맞물리는 소리를 내면서 꽤 높은 경사를 씩씩하게 잘 올라갔다.

"홍규야. 할머니 입 좀 봐. 입김 난다. 하아아. 이것 봐라, 신기하네. 깔깔. 하아아."

이제는 올라갈 때마다 기온 떨어지는 것이 피부로 와닿는다. 그린델발트에서는 20도 중반 정도였는데 어느새 피부에 솜털이 설 정도로 쌀쌀해졌다.

"아이고 추워. 호호 옷 꺼내 입어야겠네."

할머니는 유난히도 이 상황을 즐거워하는 것 같았다. 웃으며 가져온 패딩 점퍼를 꺼내 입으셨다.

기차는 터널의 막바지에 다다라 드디어 해발 3,454미터 융프라우요흐 역에 도착했다. 갑자기 높은 곳에 와서 산소가 부족한 것일까. 할머니는 기차에서 내려 한두 걸음 걷자마자 어지럽다며 중심을 못 잡고 몸이 앞으로 기우뚱했다.

"할머니 손 좀 잡아줘. 후, 하. 후, 하."

"할머니 괜찮으세요?"

"응. 너무 오래 앉아 있어서 그런가. 피가 안 통했나 봐. 조금만 앉아 있다가 가자."

할머니는 가방에서 물을 꺼내 조심스레 몇 모금 나누어 들이켰다. 숨을 천천히 들이쉬었다 내쉬기를 반복하는 할머니. 그렇게 5분 정도 앉아 있었지만 할머니는 쉽사리 일어나지 못했다.

"할머니, 그냥 내려갈까요?"

"……아니여. 어떻게 왔는데. 이제 거의 괜찮아졌으니까.

천천히 가보자."

할머니는 평소에도 느렸지만 오늘은 더 신중히, 그리고 천천히 걷기 시작했다.

"호호, 손이 시리네. 완전히 겨울이야 겨울. 흥규야 우리 여기 배경으로 사진 한 번 찍자."

할머니의 몸이 적응한 것일까, 아니면 이 또한 돌아가신 할아버지가 돌봐주시기 때문일까. 할머니의 컨디션은 오래 지나지 않아 평소와 같이 돌아왔다. 전망대로 가는 길, 고산병 걱정은 새까맣게 잊은 채 사슴 조각상 앞에서 손을 살포시 올리며 포즈를 잡은 할머니는 어린아이처럼 수줍었다.

"아이고 춥다 추워. 오래 있으니까 춥네. 너무 신기해. 안에서 몸 좀 녹이다가 어서 눈 밟으러 가자."

어제 피르스트에서 할머니를 보았을 때 놀이동산에 온 것처럼 좋아하신다고 생각했는데, 지금 보니 피르스트는 놀이터에 불과했고 이곳이 진짜 놀이동산인 것 같다. 옆에서 보기만 해도 할머니의 텐션이 확 올라간 게 느껴진다.

잠시 몸을 녹이고 스위스 깃발을 배경으로 사진을 찍을

수 있는 융프라우 고원지대로 발걸음을 옮겼다. 돌을 뚫어 만든 터널을 지나고, 사방이 얼음으로 둘러싸인 얼음 궁전을 지나는 동안 할머니가 자식들에게 보낸다며 찍은 동영상에는 정말 행복해하시는 할머니 목소리가 담겼다.

"여긴 겨울이야 완전 겨울. 손이랑 코가 시리고, 입김이 나와. 호호호."

"아까는 반팔 입었는데 지금은 추워서 잠바 입고 있어. 너무 신기해."

"우리 자식들이랑 흥규 덕분에 이런 곳도 와보네. 너무너무 고마워."

할머니의 고맙다는 말 안에는 어떤 의미가 담겨 있을까. 무엇이 고맙다는 것일까? 돈을 모아 해외여행을 하게 해준 것? 시골에서의 무료한 삶에서 꺼내준 것? 그보다는 새로운 경험에 대한 감사가 담겨 있는 것 같다. 할머니의 인생에는 항상 새로운 경험을 채울 수 있는 공간이 있었는데, 그동안 삶에 여유가 없어서, 엄두가 나지 않아서 그 공간을 계속 비워두었던 건 아닐까. 이제라도 할머니 삶의 빈 공간을 채워드릴 수 있어서 좋다.

터널을 나오니 마치 스키장처럼 눈이 사방팔방에 깔려

융프라우 정상에서, 스위스 깃발을 배경으로, 할머니와 함께. 완벽한 문장이다.

있고, 수십 명의 사람들이 스위스 깃발을 배경으로 사진을 찍으려고 줄 서 있었다. 할머니는 여전히 핸드폰으로 자식들에게 보여줄 동영상을 찍고 있다.

"아이고 우리 자식들 저거, 저거 좀 봐봐. 너무 좋다. 너어무 좋다."

할머니의 들뜬 목소리가 동영상에 담겼다. 할머니는 내려가는 길에도 찍은 동영상을 보면서 웃음 지었다.

"할머니 우리도 저기서 깃발 배경으로 사진 찍어요."

"아이고 좋지. 어서 가자."

'내가 할머니랑 유럽의 정상 융프라우에 오다니.'

사방이 온통 눈과 얼음으로 둘러싸인 이 풍경도 믿기지 않았지만 무엇보다 할머니랑 이번 여행의 최종 목적지라고도 할 수 있는 융프라우에 있다는 사실이 실감 나지 않았다. 그동안의 고생이 마치 주마등처럼 머릿속을 스쳐 지나갔다. 해냈다는 성취감도 물씬 밀려 들어왔다.

스위스 깃발을 배경으로 사진을 찍고 할머니가 한 말은 유난히도 마음에 남는다.

"죽기 전에 손자 덕분에 이런 곳도 와보고 다행이야. 할머니는 이제 죽어도 여한이 없네. 할머니 데리고 와줘서 정말 고마워. 고생 많았어."

'할머니 더 많은 세상을 함께 다녀요. 할머니도 아름다운 것, 맛있는 것, 재밌는 것을 좋아하잖아요. 할머니도 저와 다르지 않다는 걸 알았어요.'

이 글을 쓰고 있는 지금, 할머니의 카카오톡 프로필 사진은 융프라우에서 같이 찍은 사진이다. 그만큼 인상 깊은 경험이었다는 게 아닐까. 프로필 사진은 깃발 앞에서 찍은 사진일 때도 있고, 다른 전망대에서 찍은 사진으로 바뀔 때도 있다. 그래도 항상 그 사진 속에는 함께 웃고 있는 할머니와 내가 있다.

할머니 프로필 사진에 내가 있다는 것이 조금은 신기하다. 누군가의 프로필 사진에 함께한다는 것은 그만큼 그 사람에게 내가 더 소중한 존재가 된 듯한 느낌을 준다. 약간은 뭉클한 기분. 아마 할머니는 다음에 다른 곳으로 함께 여행을 가기 전까지는 계속 스위스에서 찍은 사진을 프로필 사진으로 하실 것 같다. 앞으로도 내가 할머니 프로필 사진에 다양한 배경으로 함께 등장했으면 좋겠다.

여행 다녀온 지 1년 가까이 되어가지만, 여전히 할머니의 프로필 사진.

아쉬움과 함께
마지막 도시 루체른으로

그린델발트를 뒤로하고 루체른으로 이동하는 날 아침. 떠나기 싫어서 그런지 유난히도 밤이 짧게만 느껴졌다. 이곳에서 3박을 했는데도 할머니는 "그냥 여기서 이틀 더 있다가 바로 한국으로 가고 싶네"라고 말씀하셨다. 그만큼 그린델발트가 좋고 그린델발트에서 보낸 하루하루의 여운이 깊게 남은 게 아닐까. 아직 여행은 이틀이나 남았지만 왠지 오늘 이 여행의 마지막 날인 것 같은 아쉬움을 느꼈다.

한동안 올라가는 기차만 탔는데, 이제는 산 밑으로 내려가는 기차를 탄다. 할머니는 뒤로 멀어져가는 그린델발트를 조금이라도 더 눈에 담으려는 듯 창밖을 바라보고 있다.

그린델발트를 떠나기 싫은 할머니의 의지와는 상관없이 기차는 인터라켄 호수를 끼고 계속 앞으로 나아간다. 창문 밖으로 보이는 에메랄드빛 인터라켄 호수. 빙하가 녹아서 만들어진 호수로, 스위스에서 가장 아름답다고 했다. 그린델발트로 들어가는 첫날 잠깐 보고 3일 만에 다시 보는 것인데 여전히 아름다웠다.

할머니를 돌아보니 할머니는 가만히 한곳을 응시하고 있다. 같이 밥을 먹거나, 마주 보고 앉아 있을 때면 할머니는 종종 시선을 한곳에 붙박아두고는 했다. 그럴 때 내가 "할머니 무슨 생각 하고 계세요?" 물어보면 "할머니는 원래 멍 때리는 거 좋아해"라고 깔깔 웃으며 답해주시고는 했다.

"할머니 뭐 보고 있어요?"

"응? 멍 때렸어. 하하."

할머니는 멍 때릴 때 무슨 생각을 하실까. 여행이 끝나가는 것을 아쉬워하실까, 한국으로 돌아가면 해야 하는 일에 대해 생각하실까. 아니면 지금까지 살아온 인생을 돌아보고 계시는 걸지도.

막상 깊게 물어보지는 못하고 장난을 쳤다.

"할머니 별명은 이제 오멍례 할멍니예요."

그 말을 듣자 할머니는 깔깔 웃으며 좋아하신다.

떠나면서 유난히도 아쉬움이 많이 남는 그린델발트.

이번 여행 동안 가장 많이 웃은 여행지라 그런 것 같다.

손 잡고 걷고, 눈을 밟고, 서로 영상을 찍고, 밥을 해 먹고, 와인을 마시고.

함께했기에 서로 이야기할 수 있는 추억이 많이 생겼다.

한국에 돌아가서 할머니와 와인 한잔하게 된다면 안주는 필요 없을 것 같다.

이번 여행의 추억이 최고의 안줏거리가 될 테니까.

멀어져가는 인터라켄의 풍경.

할머니에게 '마지막'이란

마지막 날은 마음이 유난히 바쁘다. '아 거기 갔어야 했는데' '오늘은 꼭 거기 가야지' '아 그거 살 걸 그랬네' 따위의 생각들이 떠오르기 때문이다. 그래서 그런지 마지막 날인 오늘은 평소보다 일찍 눈이 떠졌다. 내일이면 한국으로 돌아가는 날이어서 그런지 평소와는 다른 기분이 든다. 시계를 보니 아침 8시. 늦잠을 자지 않았는데 크게 피곤하지도 않다.

할머니도 마지막 날이라는 게 아쉬우셨는지 아침 일찍 자리에서 일어나신다. 누구에게나 마지막이라는 것은 평소와는 다른 느낌으로 다가오는가 보다. 할머니는 마지막 날을 어떻게 보내고 싶으실지 궁금해진다.

"할머니 몸 좀 어떠세요?"

"응, 한숨 푹 자고 나니까 어제보다는 괜찮아. 그래도 아직 좀 피곤하네."

"내일 아침에는 한국으로 돌아가니까, 오늘이 여행 마지막 날이에요."

"아이고 벌써 오늘이 마지막 날이야……?"

마지막 일정은 알프스의 숨은 명봉으로 '산의 여왕'이라는 별명을 가지고 있는 리기산에 다녀오는 것이다. 리기산은 해발 1,798미터로 인터라켄의 융프라우나 피르스트에 비해 높지 않고 산세도 크지 않지만 낮은 곳에서 보는 풍경이 매력 있다고 한다. 마지막 날 일정으로 리기산을 택한 이유는 교통수단에 있다. 리기산에 가기까지는 유람선과 열차 그리고 케이블카까지 모두 이용할 수 있어 알프스의 다양한 교통수단을 경험하는 재미가 있다고 한다. 특히 배 타는 것을 좋아하시는 할머니에게 여행의 마지막 날 다시 한 번 즐거운 경험을 선물해드리고 싶었다.

"할머니 오늘은 리기산이라는 곳에 가는데 배 타고 갈 거예요."

"아이고 산에 가는데 배를 타고 가? 할머니는 배 타는 거 좋아. 호호."

숙소에서 화장을 고치며 나갈 준비를 하시는 할머니의 표정이 한층 밝아졌다. 이럴 때는 꼭 나와 할머니의 위치가 바뀐 것만 같다. 내가 아빠고 할머니가 딸이 된 것 같다고 할까. 이런 것을 보면 새로운 경험은 동심을 불러일으켜 누구라도 아이로 돌아가게 하는 것 같다. 할머니는 이번 여행 중 몇 번이나 아이로 돌아가는 경험을 했을까.

"베네치아에서 배를 실컷 타고 이번에도 유람선을 타서 아주 좋아."

"여기 배가 그동안 탔던 배 중에 제일 크네요. 저도 할머니 덕분에 배 많이 타서 좋았어요."

할머니랑 배를 타다 보니 알게 된 것이 하나 있다. 할머니는 배 타고 나서 처음 30분은 신나 하지만 그 이후에는 익숙한 풍경에 지루해져 눈을 감고 있기도 하고, 꾸벅꾸벅 졸기도 한다는 것이다.

어제의 피로가 아직 다 풀리지 않았는지 할머니는 평소보다 피곤해 보였다. 배가 출발한 지 10분도 지나지 않아 끔뻑끔뻑 눈을 감았다가 뜨신다. 천천히 닫혔다가 열리는 눈꺼풀이 한없이 무거워 보인다.

"할머니, 나가서 바람 쐬실래요?"

"아니, 할머니는 앉아 있는 게 편해. 할머니는 앉아 있을 게."

할머니는 금세 잠들었고, 천천히 호수를 가르던 유람선은 50분 만에 비츠나우라는 마을에 도착했다. 이곳에서 빨간색 VRB 열차를 타고 리기산 정상으로 올라가야 한다. 융프라우 산악열차처럼 톱니바퀴로 된 VRB 열차는 가파른 언덕을 잘도 올라갔다.

리기산 정상 밑 정류장에 도착하니 그림 같은 풍경이 눈앞에 펼쳐졌다. 뭉게구름이 눈앞에 떠다니고, 구름 사이로 보이는 웅장한 산봉우리들이 우리가 있는 곳을 벽처럼 둘러싸고 있다. 드넓게 펼쳐진 잔디밭 위에는 소들이 풀을 뜯고 있고, 소들 목에 걸린 방울에서 딸랑딸랑 소리가 들린다.

눈앞에 끝없이 펼쳐진 풀밭과 하늘을 넋을 잃고 바라보다가 아래를 보니 또 새로운 풍경이 펼쳐진다. 우리가 유람선을 타고 가로질러 온 루체른 호수가 햇빛을 받아 반짝반짝 빛나고 있는 것이다. 왜 사람들이 리기산에 오는지 알 것 같다. 융프라우요흐는 너무 높다 보니 눈앞에 눈과 하늘밖에 보이지 않았는데, 리기산에서는 다른 봉우리들과 호수, 마을까지 볼 수 있다.

리기산 정상.

"아이고 다리야. 아이고 다리야."

할머니는 피곤한지 의자에 드러누워버렸다. 몸이 무척 무겁고 힘겨워 보인다.

"흥규야 저어기 저쪽 눈 쌓인 산 보여? 우리가 다녀온 곳인가 보다. 정말 좋았는데."

"눈 쌓인 거 보니까 그런 것 같아요. 어제 좋으셨나 보네 할머니."

"응. 할머니는 어제 정말 좋았어. 아직도 눈에 선하네."

그렇게 한동안 의자에 앉아 하늘을 보고, 산을 봤다. 햇볕은 강하지만 산 위라서 불어오는 바람은 선선하다. 그렇게 30분이 지났을까. 배에서 꼬르륵 소리가 났다. 시계를 보니 어느덧 12시다.

"할머니 점심 드실래요? 제가 컵라면이랑 즉석 밥이랑 김치 가져왔어요."

"아이고 좋지. 또 어떻게 라면을 가져왔대."

데워 온 즉석 밥을 뜯고, 마지막 남은 캔 김치까지 뜯어 먹을 준비를 했다.

"손자 덕분에 산 정상에서 라면도 먹네."

오늘따라 컵라면이 익기까지의 3분이 유난히도 길다. 조금 누워 쉬어서 그런지 웃음기를 잃었던 할머니의 얼굴에 조금씩 웃음꽃이 핀다. 다행이다.

마지막 관광을 마치고 방으로 돌아왔다. 저녁을 먹기 전, 할머니와 나란히 누워 이번 여행에 대한 이야기를 나누었다.

"할머니는 무슨 음식이 제일 맛있었어요?"

"음…… 그린델인가 뭐신가 거기서 손자가 사 온 소고기에 고추장이랑 넣고 끓인 찌개가 할머니는 제일 맛있었네. 여기 소는 좋은 데서 자라서 그런지 아주 꼬숩고 맛있었네."

"그럼 무슨 음식이 제일 맛없었어요?"

"할머니는 그 베로나에서 먹은 말고기가 제일 맛없더라. 질기고, 피가 뚝뚝 떨어지고. 아이고 빵점이야, 아주 빵점."

"이번 여행 중에 언제가 가장 힘들었어요?"

"할머니는 계단이 너무나 싫었어. 그놈의 계단들이 어찌나 높아 보이던지. 정말 주저앉아버리고 싶을 때도 많았는데, 우리 손자 덕분에 올라갔네."

"할머니는 이번 여행 중 언제가 가장 좋았어요?"

"할머니는 우리 손자랑 발코니에 앉아 와인 마시며 이야기했던 것이 제일 좋았고, 그다음으로는 손자가 할머니 손

꼭 잡고 걸을 때가 너무나도 행복했어. 죽기 전까지 못 잊을 것 같아. 너무 고마워.

한국 돌아가면 남원에 한 일주일 내려왔다 가. 할머니 혼자 내려가 있으면 너무 외로울 것 같네."

할머니에게 '마지막'은 그동안의 추억을 되돌아보는 시간 같다. 대답하시는 말 하나하나에 기쁘고 슬픈 할머니의 여행 추억이 깃들어 있다. 나도 이렇게 아쉬운데 할머니는 얼마나 아쉬울까. 특히 이번 여행은 유독 아쉬움이 크다. 더 잘하지 못한 아쉬움, 처음부터 다시 시작한다면 더 잘할 수 있을 텐데 하는 아쉬움, 다음 여행을 확실히 기약할 수 없다는 아쉬움.

얼마나 오래 머물러야 아쉬움 없이 그 장소를 떠날 수 있을까. 어떻게 보면 그 아쉬움이라는 감정 때문에 다시 그 여행지를 찾아가고 싶어지는 것 같다. 나중에 기회가 된다면 꼭 할머니와 이탈리아·스위스 여행을 다시 오고 싶다. 다음에는 더 잘할 수 있을 것 같은데.

그린델발트에서 남겨 온 단무지와 아껴두었던 카레를 반찬으로 저녁을 먹었다. 그러고는 짐을 점검했다. 빼먹은 것은 없는지, 여권은 잘 있는지. 캐리어 지퍼를 열어보니 그 가득 차 있던 캐리어가 삼 분의 일은 비었다. 아마도 즉석밥과 각종 반찬 등이 차지했던 자리 같다. 그래도 아직 고추장, 누룽지, 김자반은 그린델발트에서 봤던 것처럼 절반 넘게 남아 있다.

매일 아침 관광을 나가며 준비하는 것도 바빴는데, 한국으로 돌아가기 전 짐을 챙기는 건 더 정신이 없다. 가져온 물건을 하나라도 놓고 가면 안 되기 때문이다. 물론 할머니와 함께한 추억도 빠뜨리지 않고 가져가야 한다.

설렘을 가득 안고 이탈리아에 도착한 게 바로 어제 일 같은데, 이제 내일이면 한국으로 돌아간다. 아쉬움도 크고, 큰 사고 없이 여행을 끝냈다는 안도감도 든다.

이렇게 마지막 밤이 무사히 지나간다.

'다음에'는
이제 그만하기로 해요

이제 정말 한국으로 돌아가는 날이다. 할머니와 함께한 이탈리아·스위스 여행 안녕. 언제쯤 다시 할머니와 단둘이 여행할 수 있을까.

아침에 일어나 공항으로 가는 길. 할머니는 출발하던 날처럼 비행기에서 허리가 아플까 봐 걱정된다고 했다. 할머니의 얼굴을 보니 걱정이 한가득이다. 10일 전 이탈리아로 가는 비행기에서 겪었던 상황이 떠올랐다. 그때 할머니는 10시간 넘도록 앉아 있으면서 허리가 아파 식은땀을 흘리기도 하고, 몸을 앞으로 기울였다가 다시 뒤로 기울이기를 반복했다. 그때 비행기에서 내리자마자 의자에 드러누워버리셨는데. 그런 할머니에게 장거리 비행은 생각하기만 해도 숨이 막히는 일인 듯 보였다.

"할머니, 비행기에서 허리 아프시면 두 다리를 제 무릎에 올리고 몸 조금이라도 뒤로 눕히세요."

"응. 고마워. 허리 아프면 그렇게 할게."

비행기에 올라 출발한 지 2시간이 지났을 무렵, 할머니는 한참을 끙끙거리며 버티시다가 도저히 안 되겠다 싶었는지 두 발을 내 무릎 위에 조심스럽게 올렸다.

"홍규야, 할머니 허리가 아파서 다리 조금만 올리고 있을게."

내 무릎 위에 오른 할머니의 다리를 만져보고 깜짝 놀라고 말았다. 물파스를 바를 때도 봤지만, 만져보니 더더욱 앙상했던 것이다. 오랜 농사일로 다부진 손목과 팔에 비해 다리는 뼈밖에 없다고 느껴질 정도였다. 이 다리로 같이 돌아다니신 것이 대단하게만 느껴진다. 무릎 위에 놓인 할머니의 다리는 전혀 무겁지 않았다. 그저 이렇게라도 할머니가 편하게 가셨으면 하는 마음뿐이었다. 할머니 이번 여행 동안 정말 고생 많으셨어요.

입사를 앞두고 다녀온 이번 여행은 정말 후회가 많이 남는 여행이다. 10일이라는 짧지 않은 기간 동안 여행하면서 힘들었던 적이 없다고 한다면 그건 거짓말이다. '그냥 나 혼자 올 걸 그랬나' 후회하기도 했고, 중간중간 예상치 못한 상황을 만날 때마다 '차라리 패키지로 신청해서 갔으면 더 편하지 않았을까' 생각하기도 했다.

여행 도중 할머니에게 물어본 적이 있다.

"할머니, 우리 차라리 패키지 여행을 신청해서 올 걸 그랬나요?"

"에이 그러면 매일 새벽같이 일어나야 하고, 너무 빡빡해서 싫어. 할머니는 손자랑 단둘이 있을 시간이 많아서 좋은데 뭐."

그 말을 듣자마자 투덜댔던 나 자신이 부끄러워졌다. 할머니가 나보다 더 힘들었을 텐데 할머니는 말없이 버티고 있었구나. 여행 도중 힘들어서 할머니한테 투덜대고 짜증을 냈던 적도 있었다. 그럴 때마다 할머니는 나를 타이르고 내가 잘못한 점이 무엇인지 스스로 깨달을 수 있도록 말씀해주셨다.

이번 여행을 준비하며 세웠던 일정은 지켜지지 않은 게 대부분이고 그날 상황에 맞추어 일정을 수정하기가 다반사였다. 할머니의 컨디션을 충분히 고려하지 못했고, 무엇보다 내 욕심이 커서 그랬던 것 같다. 비록 계획했던 아름다운 풍경, 낭만적인 도시, 맛있는 음식을 다른 여행객들만큼 충분히 즐기지는 못했지만, 우리는 우리만의 스타일로 여행을 즐겼고 둘만이 공유하는 아름다운 추억을 하나씩 만들어갔다.

할머니와 공유할 수 있는 추억을 만들어서 참 좋다. 여행 도중 할머니가 하신 말씀이 떠오른다. "어디를 가는가보다 누구와 함께 가는가가 더 중요한 거야." 이 여행을 통해 꼭 여행이 아니더라도 내 주변의 사랑하는 사람들과 더 많은 시간을 함께 보내야겠다고 다짐하게 되었다.

사람들은 항상 "다음에 밥 한 번 먹자" "다음에 같이 어디 놀러 가자" 말하곤 한다. 그 '다음에'는 영영 오지 않을 때가 많다. 이번 여행은 출발 단 일주일 전에 결정된 만큼 다소 충동적이었다. 이번에 미루면 다음은 언제가 될지 모른다는 생각이 원동력이 되었다. 그렇게 우리가 말하는 '다음에'가 도대체 언제인지, 지킬 수는 있는지 고민하는 것이 때로는 여행의 시작이 되기도 한다.

지금 당장이 아니면 안 되는 일들이 분명히 있다. 할머니에게 "할머니, 우리 다음에 같이 여행 가요" 말한다 해도 지키지 않는다면 그만큼 무의미하고 무책임한 말이 또 있을까. 그렇게 계속 '다음에, 다음에'를 외치다 할머니가 돌아가시기라도 한다면 정말 많이 슬플 것 같았다. 그래서 이번 여행은 유난히도 급하게 계획되었다. 나는 혹여나 또 '다음에'라는 말이 튀어나올까 봐 "할머니! 다음 주에 바로 가요"라고 외쳤다.

어떻게 보면 참 이기적이다. 나중에 나 후회하지 말자고 떠난 여행이니 말이다. 그래도 정말 좋았다. 몰랐던 할머니에 대해 많이 알 수 있었고, 40년 넘는 삶의 간극을 조금이나마 더 좁힐 수 있었다. 무엇보다 여행 전과 후 우리 사이는 눈에 띄게 많이 달라졌다. 1년에 명절을 포함해서 몇 번 보지 않는 사이였는데, 이제는 일주일에 한 번 이상 연락하는 사이로 바뀌었고, 몸은 떨어져 있지만 서로의 존재를 더 소중히 하는 관계가 되었다.

할머니와 웃고, 싸우고, 이야기하면서 어디서도 배울 수 없는 경험을 했고, 손잡는 것, 전화 한 통 하는 것과 같이 사소해 보이는 일이 사람을 얼마나 행복하게 만들 수 있는가도 배웠다. 할머니에게 나는 의지할 존재이자, 서로 믿으며 오래오래 사랑하고 관심을 가질 둘도 없는 가족이라는 것을 알게 되었다. 할머니를 통해 내가 얼마나 소중한 존재인지도 발견했다.

거듭 말하듯 이번 여행에 대해서는 다시 준비한다면 더 편하고 좋은 방향으로 만들 수 있을 텐데, 하는 생각이 들어 많이 아쉽기도 하다. 그래도 여행 다녀온 후 할머니와 더 자주 연락하게 되어 좋고, 할머니가 주변 할머니들에게 손자랑 여행 다녀왔다고 사진이랑 동영상을 보여주며 자랑하시는 게 뿌듯해서 좋다

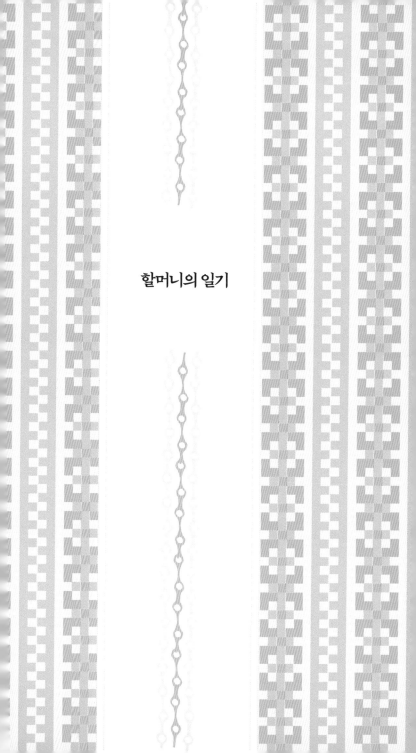

할머니의 일기

2020년 1월 14일 밤 9시 15분

몇 년 동안 펜을 들지 못하고 살아왔다.

내 손자 홍규가 전화해서 "할머니 글 좀 써주실래요?" 했는데 이 핑계 저 핑계로 미루다가 오늘 펜을 들었다.

보기만 해도 듬직한 내 손자. 작년 여름 밭에서 일하고 있는데 손자에게 전화가 왔다.

"할머니, 여행 갈까요?"

어디 가고 싶은 데 없냐고, 할머니하고 여행 가고 싶다고 묻는다. 나는 시골에 살고 있기 때문에 곗돈을 모아 몇 년에 한 번씩 동네 사람들과 가까운 중국 백두산, 홍콩 마카오로 여행을 다녀왔었다. 이제는 나이 들어 힘들어서 더 이상 여행 갈 기회는 없을 거라고 생각했다.

며칠 있다 손자에게 다시 전화가 왔다.

"할머니 가고 싶은 데 결정했어요?"

"글쎄"라고 답하니 "할머니, 유럽으로 갈까요?" 묻는다.

그 말을 듣자마자 TV에서 본 유럽여행이 생각나 가슴이 벙벙했다.

큰딸한테서 전화가 왔다.

"경비는 걱정 말고 홍규랑 갔다 오셔요. 나이 더 드시면 가고 싶어도 못 가요."

밭농사랑 시골 일이 많은데. 말로만 듣던 유럽여행, 다 잊고 갔다 올까. 망설이고 있는데 손자한테 전화가 왔다.

"유럽여행 9박 10일 비행기랑 호텔 예약 끝났으니 꼭 가야 해요."

그 말을 들으니 마음은 청춘이라 설레고 행복했지만 걱정이 더 많았다. 마음만 앞섰지 몸이 건강하질 않으니. 심장병 있지, 허리, 무릎 관절이 많이 안 좋아서 이삼일에 한 번씩 병원에 가야 하는데. 마음이 앞서 따라나섰다가 여행 가서 손자 힘들게 하면 안 되는데, 그 걱정뿐이었다.

2020년 1월 17일 낮 10시
여행을 추억하며.

여행 출발하는 날이 왜 그리도 빨리 오는지. 밭에 나가 일하면서 땀 범벅이 되어도, 녹초가 되어도 마음은 행복했다. 손자와 단둘이 유럽여행 갈 생각만 하면 기분이 좋아서 노래하면서 일했다.

손자랑 공항으로 가서 기다리고 있는데 이곳저곳 다 둘러보아도 내가 제일 나이가 많아 보였다. 내 나이 또래는 찾아볼 수가 없고, 처녀 총각 아니면 사오십 대가 전부였다.

"흥규야 다 젊은 사람이고 나이 든 사람은 할머니 혼자네."

공항에 있는 사람들을 보니 느낌이 왔다. 노인들은 못 갈 곳인가 보다 싶었다. 엄청 힘들다는데 가서 잘 다니지도 못하고 내 강아지 힘들게 하면 어떡하지. 즐거

움은 멀리 가고 두려움과 걱정이 내 마음을 짓눌렀다.

아니나 다를까 13시간을 비행기 속에서 힘들었다. 허리가 너무 아팠지만 내 강아지 걱정할까 싶어 내색도 못 하고 죽을힘을 다해서 참고 갔다.

처음 내린 나라 어찌나 뜨거운지. 살이 익을 정도로 습하고 뜨거웠다. 밖에 다닐 수가 없어 숙소에서 해지기만 기다렸다. 해가 져서 나갔는데 너무 힘들어 다닐 수가 없어 일찍 들어와 저녁을 해결하고 꿈나라로 들어갔다.

처음에 간 곳 이탈리아 베네치아. 이름도 가물가물한데 강물 위에 지어진 지 천년이 넘는 건물들, 우람한 건물들을 보고 감탄, 또 감탄했다. 물 위에 지어진 보물들. 펜을 든 채 눈 감고 다니던 여행지를 더듬어보니 하나하나 새록새록 떠오른다. 거대한 성당, 세계에서 모여든 인파. 사람 구경하는 재미도 쏠쏠했다.

나라 이름이 가물가물하다. 이탈리아 베네치아, 스위스. 스위스는 죽을 때까지 잊을 수가 없는 나라. 살기 좋은 곳. 스위스는 땅이 넓어서 그런지 고층 건물이 없었다. 공기도 깨끗하고 기온도 우리나라 4월 기온쯤 되었다. 춥지도 않고 덥지도 않은 쾌적한 나라.

끝도 보이지 않는 강, 배 타고 한참 가서 케이블카 타고 산악열차 타고 꼭대기 올라가니 천지가 다 보이고, 넓은 산맥들, 한가로이 풀 뜯는 소들. 감격했다. 열차에서 내려 보이는 수도꼭지 어느 것을 열어도 마음 놓고 물을 마실 수 있는 나라. 빙하가 녹아서 내려온 물이라 맛도 있었다.

스위스에서 하룻밤 자고 여기저기 내 손자와 손잡고 다니면서 구경하다 돌아와 저녁을 먹었다. 마트에서 사온 소고기랑 버섯, 집에서 가져온 고추장만 풀어서 끓여놓았는데, 내 손자 떠먹을 때마다 "음, 맛있네" 감탄을 연발했다. 지금 이 순간에도 그 소리가 귀에서 맴도는 것 같다. 어찌나 맛있게 먹던지.

내 손자 손잡고 다니면서 가끔 만나는 한국 신혼부부들에게 손자랑 여행 왔다고 자랑하면 "세상에, 행복하시겠어요. 아들도 아니고 손자가 할머니 모시고 왔네요"라고 손자 칭찬을 해주었다.

용푸라우, 난 이름도 잘 몰라 용푸라우라 한다. 산악 열차를 타고 한없이 올라가는데 계속, 아구야 좋다, 흥규야 세상에 내가 이런 곳을 오다니 아구야 소리가 나왔다. 정상까지 올라가 스위스 국기 앞에서 사진 찍고 눈 덮인 산줄기들도 보았다. 감탄이 절로 나왔다.

내 손자 단체로 가지 않고 개인으로 갔기 때문에 이동할 때마다 캐리어를 가지고 다녔다. 안쓰러워서 괜찮다고 해도, 조금만 오르막이 나오면 할머니 힘들다고 내 것까지 받아 들었다. 얼마나 힘들었을까. 하기야 어쩔 땐 그냥 맨몸으로 가도 숨 가쁘고 무릎 아픈 할머니였으니. 그래도 가기 전 걱정한 것보다는 아프지 않고 건강하게 잘 다녀와서 지금 생각해도 다행이다.

이렇게 글 쓰니 참 좋네. 다시 여행 간 기분. 여기저기 새록새록 떠올라 행복해지는 이 마음.
나를 이렇게 좋은 기억 속에 살게 한 내 손자 고맙다.
내 손자 흥규야, 고맙고, 안쓰럽고, 대견스럽고, 할머니가 많이 사랑해.

에필로그

45년이라는 세월의 벽. 그 단단하고 무너지지 않을 것만 같던 벽은 10일 동안의 여행을 통해 조금씩 무너져 내렸다. 서로에 대한 이해와 배려 덕분이었겠지만, 가끔은 참지 않고 자신의 의견을 말하며 서로에 대한 오해를 풀었던 것도 한몫했을 것 같다.

짧다고도 할 수 있고 길다고도 할 수 있는 이 시간을 통해 잠시나마 마치 내가 70세 할머니가 된 것 같은 기분을 느낄 수 있었다. 아마 나도 50년 후 70대가 되면 지금의 할머니와 똑같이 행동하겠지. 그때는 20대가 나를 답답해할 것이라는 생각에 약간은 두려운 것도 사실이다. 물론 나 역시 20대를 답답해할 수도 있겠지만.

한국으로 돌아오자마자 할머니와 나는 빠르게 각자의 일상으로 돌아갔다. 할머니는 한국에 들어온 바로 다음 날, 그동안 밀린 밭일을 해야 한다며 바로 노치마을로 돌아갔다. 그렇게 일주일이 지나고, 할머니에게 전화를 걸었다.

"할머니 뭐 하세요? 매일 같이 있다가 갑자기 할머니가 없으니까 허전하네요."

"깔깔, 나도 그렇더라. 우리 손자 없으니까 허전하네. 나는 요즘에 블루베리 나뭇가지 치느라 아주 고생이여."

"할머니, 그럼 제가 할머니 얼굴 보고 일도 도와드리러 내려갈까요?"

그렇게 남원 노치마을로 내려가, 할머니 일도 도와드리며 일주일을 보내고 돌아왔다. 9박 10일간의 유럽여행, 그리고 노치마을에서의 일주일까지. 그해 여름은 무더웠지만 기억 속에 깊이 남을 만큼 유난히도 행복했다.

"할머니, 이번 여행은 마지막이 아니라 시작이에요. 다음에 또 같이 여행 가게, 가고 싶은 곳 항상 생각하고 계세요!"

어떻게 보면 고생을 사서 했던 우리의 여행. 우리의 다음 여행도 별반 다르지 않을 것 같다. 또 다투고, 화해하겠지. 다음 여행 때는 더 오래 걷지 못할 수도 있고, 하루 종일 숙소에만 있을 수도 있다. 그럼에도 다음 여행을 기대하며 하루하루를 살아갈 할머니를 생각하면 다행이라는 생각이 든다.

우리의 첫 번째 여행이 잘 끝나서 다행이다.